SV

Urs Faes
Sommerwende

Roman

Suhrkamp Verlag

Erste Auflage 1989

Druck: Wilhelm Röck, Weinsberg
Printed in Germany

Es gibt Erinnerungen, die wie schillernde Blasen sind. Nach vielen Jahren steigen sie plötzlich auf in einer Nachtstunde, wachsen und wachsen, wollen nicht zerplatzen, sondern blenden die Augen unter den geschlossenen Lidern. Und doch hat man diese Erinnerungen manchem erzählt – vielleicht nur um sie loszuwerden.

Friedrich Glauser

Wenn man das weiß: was das ist, Zeit. Das Gegenwärtige? Das schon immer, indem es bemerkt wurde, abgeschlossen ist, vergangen, Vergangenheit geworden. Die Vergangenheit? Abgeschlossen, abgetan, nicht mehr zu rufen, weil ohne Gehör. Erkennbar vielleicht in leblosen Gegenständen. Aber man blickt darauf...

Johannes Bobrowski

1

Komm nach Hause, bitte.
Sie hatte nur diese Worte geschrieben, und darunter mit der etwas ungelenken Schrift einer alten Frau: Mutter.

Melzer hatte sich im Lauf der Jahre an Mutters Wohlbefinden gewöhnt. Ihr Ruf kam überraschend.
Melzer rief den Arzt an.
Der Befund klang wenig dramatisch. Eine Alterskrankheit, kaum gefährlich.
Der kurze Brief irritierte Melzer.
Er konnte nicht sagen, warum. Vielleicht wollte sie ihn auch bloß wieder einmal sehen.
Wer weiß das schon.
Melzer entschied sich zu fahren.

Das Haus: noch dieselben Gerüche im Korridor, ein Gemisch aus Öl, Leder und Fett, aus verrauchten Vorhängen und Schimmel, der sich als pelzige Haut über die feuchten Wände zog. Er setzte sich in den Schränken fest und war stärker als Putzmittel und Farbe.
Das Haus lag nah am Fluß, der Feuchte preisgegeben, Nebel und Regen; der Putz blätterte schon nach wenigen Jahren, wurde immer wieder notdürftig ausgebessert, verkam zum Flickteppich.
Eigenbau eben, dachte Melzer. Eher improvisiert denn bewußt geplant, das Material hatte kostengünstig sein müssen.

Ein eigenes Haus, unser Zuhause, hörte er Mutter sagen. Etwas schief duckte es sich hinter die Buchsbaumhecken – mehr Hütte als Haus, sagte Mutter. Aber das kümmerte sie nicht.

Die Nachricht erreichte Melzer im Ausland.

Sie hatten einander geschrieben, Mutter und er, nicht häufig, aber doch regelmäßig. Mutters Briefe waren immer kurz. Alltägliches teilte sie mit, einen Todesfall in der Nachbarschaft, oder sie erwähnte ein Buch, das ihr gefiel; vom Schnee schrieb sie, vom Frost und den ersten Krokussen im Frühling.
Selten ein Satz über sich selbst.
Wozu Aufhebens machen von unsereins, pflegte sie immer zu sagen und wischte mit den Händen so energisch durch die Luft, als wolle sie ein lästiges Insekt vertreiben.

Er fand sie hochgebettet im elterlichen Schlafzimmer. Sie hatte ausdrücklich abgelehnt, ins Spital zu gehen. Alle Versuche des Hausarztes und ihrer Schwester Clarissa, sie umzustimmen, verwarf sie mit dem störrischen Trotz ihres Alters; so ließ man ihr den Willen. Nun lag sie im Bett, in dem sie seit ihrer Heirat, von wenigen Nächten abgesehen, immer geschlafen hatte; auch während der schlimmsten Krankheitstage ihres Mannes, als sein Stöhnen sie längst nicht mehr schlafen ließ, harrte sie neben ihm aus. An ihrer Seite war er auch gestorben.
Auf die Frage nach ihrem Befinden ging sie nicht lan-

ge ein. Eine Krankheit eben, das wird sich geben, sagte sie, so leicht bin ich nicht unterzukriegen.
Sie lachte.
– Aber etwas muß ich dir noch erzählen.

Eigentlich habe sie es aufschreiben wollen.
Doch Schreiben war nicht ihre Sache. Das wußte Melzer. Ihre Briefe – sie hatte jeweils lange nach Worten suchen müssen und sich geschämt, ihm soviel Nichtssagendes zu berichten, so weit in die Welt hinaus.
Das sei nicht einmal das Porto wert.

Die Reise, sagte sie zögernd und erklärte plötzlich bestimmt: Von der Reise muß ich dir erzählen, mit meinen Schwestern, Clarissa und Myrtha.
Mutter schmunzelte.
– Was machst du nun für ein Gesicht.
Melzer staunte.
Geheimnisvoll hatte sich seine Mutter nie gegeben.
Zu dritt sind sie gefahren, damals, sogar Myrtha haben sie zur Reise überreden können. Sie hat zwar ständig Valium geschluckt und gejammert, aber mitgekommen ist sie.

Melzer blickte in die anbrechende Dämmerung hinaus, in die vom Herbstwind zerrauften Bäume und Sträucher; hoch ragte der Kamin der stillgelegten Fabrik in den bläulich verschwimmenden Horizont hinaus, wo das hügelige Land abflachte, in die Ebene des Tales sich ergoß. Ein kühler Wind strich um die Häu-

ser, wirbelte Laub auf, kräuselte die hellen Pfützen in den Gartenwegen. Im nahen Fluß stand das Wasser noch immer hoch, war schmutzig braun und führte Äste und Laub mit sich. Dämmriges Grau über dem Tal, dessen bewaldete Hügel sich als schwarze Linien in der Ferne kreuzten. Mutter, in einem Nachbardorf aufgewachsen, hatte das Tal kaum je verlassen. Man schlägt halt Wurzeln, wo man aufgewachsen ist und seine Toten hat, sagte sie.
Wie schon in der Stadt hingen auch hier im Quartier überall Wahlplakate für die Parlamentswahlen; viel von Grün und Umwelt in den Parolen, aber auch vom Kampf gegen Überfremdung und Asylantenströme: *Bewahrt die Eigenart unseres Landes.*
Melzer folgte mit den Augen dem Weg, der hinaus in die Felder und zum Fluß führte, vorbei an den langen Reihen der Hasel- und Holunderbüsche; und weit draußen das Gehöft des Saumhofbauern, dem er als Kind bei der Heuernte geholfen hatte und beim Rübenschneiden im Herbst.
Vieles hatte sich verändert im Dorf.
In der Landschaft der Kindheit.
Vom Kirchturm schlug es sechs. Die Schläge waren ihm schon immer lang und schleppend vorgekommen.
Melzer wandte sich vom Fenster ab.
Still lag Mutters Gesicht im Kissen.
Geschlossene Augen.

Es sei ihr nicht recht, daß er ihretwegen die lange Reise habe auf sich nehmen müssen, begann Mutter.

Nicht die Krankheit war der Anlaß ihres Schreibens.
Reden wollte sie.

Eine kleine Beichte, sagte sie, wenn dir das nicht zu übertrieben klingt.

Ein Brief –

Sie erkannte die Schrift nicht gleich, nach so vielen Jahren – aber sie zitterte, als sie beim Lesen merkte, wer der Absender war: Alfred –

Ein Spätsommertag des Jahres 41 –

Noch völlig verstört durch die Nachricht von diesem gräßlichen Tod, dieser schlimmsten von allen Todesarten, geht sie langsam, widerstrebend, auf das Elternhaus zu, die Sonne in den Bäumen, trocken die Erde auf den Blumenbeeten vor dem Haus, dahinter die Felder, die in der Hitze zittern. Sie bleibt am Tor stehen und blickt nur auf den Garten, die Sträucher, die Hecken der Straße entlang, verfilztes Gestrüpp. Die Düfte des Gartens steigen ihr in die Nase; süßlich und schwer, eindringlich, die Düfte der Tollkirschenblüte, der Rosmarin- und Thymianblätter, körperlich beinah, ein dünnes Gewebe über diesen Garten ausgespannt. Gierig saugt sie diese Düfte ein, steht da, reglos, die Hände auf den Steinsockel des Gartentores gelegt, sie spürt die Kühle des leicht bröckligen Gemäuers auf den Handflächen, langsam schweifen ihre Blicke über den Garten hinweg zu den Fenstern des Hauses. Die Hängegeranien auf den Simsen schon fast blütenlos, beinahe bleich das Grün, matt glänzend in der Sonne; und unter dem Fenster die Holzbank, auf der die Eltern verweilten. Und immer eindringlicher, betäubender diese Spätsommergerüche, daran muß sie auch später immer zuerst denken.

Immer werden es diese Sommerdüfte sein, die über dem Tag stehen, sagte Mutter und richtete sich ein wenig in den Kissen auf. Auch beim Lesen von Alfreds Brief, schon nach wenigen Zeilen, dachte sie wieder an das Bild des Gartens an diesem Spätsommertag –

Ein Mädchen von achtzehn Jahren, das unschlüssig am Gartentor steht, zum Haus aufsieht, zu seinen Fenstern, dem Spalierobst, das die Fassaden überwächst. Und in der Ecke die Sommerlinde, schon leicht verfärbt die Blätter, ungeordnet, wild verwachsen die Zweige, in deren Schatten sie oft sitzt, liest oder einfach vor sich hinträumt.
Hingeträumt hat, damals.
Betäubt verharrt sie am Tor, alles sträubt sich in ihr, wendet sich gegen den einen Gedanken. Dieses Haus ist ein Totenhaus, in einem der Räume liegt der verstümmelte Leib der Mutter, schon erstarrt – und mit ihm alles, was ihr lieb gewesen ist.
Langsam öffnet sie das Gartentor, tastet sich mit den Händen die Sträucher entlang, spürt die leise Berührung des Laubs auf der Innenfläche der Hand. Mit

jedem Schritt durch den Garten auf das Haus zu wächst die Angst, ein Zögern, ein Stocken geht durch ihre Glieder, als verklumpe sich etwas in ihr. Eine Schwere, die sie nie zuvor gekannt hat. Nicht einmal beim Tod ihres Vaters. Und ihr ist, als komme eine Verdüsterung über diesen Garten, ein dunkler Schleier, vermischt mit dem fauligen Geruch der Jauche, der vom Hof herüber dringt, ein säuerlich-bitterer Gestank; und noch einmal, nah der Haustür, blickt sie zurück in den Garten, flehend beinah, als müsse irgendeine Antwort aus diesen Hecken und Büschen kommen, müsse etwas sich regen in diesen Zweigen und Blättern. Doch nichts bewegt sich, nur das matte Spätsommerlicht, laubig gefiltert, mustert mit ausgefransten Schatten die Erde.
Sie wendet sich ab, drückt die Türklinke.

Ich bin ins Haus gegangen, sagte Mutter.
Sie setzte sich im Bett auf, öffnete die Schublade ihres Nachttischchens und klaubte einen Brief heraus. Sie legte ihn vor sich auf die Bettdecke, strich mit den Händen über das Papier, drückte die verkrümmten Ecken nach unten.
Sie hielt den Brief in den Händen, reichte ihn dem Sohn.
Lies, sagte sie.

Sehr geehrte Clarissa, Myrtha, Helen,
ich habe nicht mehr lange zu leben und möchte noch einmal mit Euch reden, um meine Schuld nicht mitzunehmen in den Tod.

Besucht mich doch, da ich Euch nicht mehr besuchen kann, weil ich ans Bett gebunden bin. Auch einer, der sich vergangen hat, muß doch ein Anrecht haben auf Verzeihen.
Kommt doch und laßt uns reden nach so langer Zeit. Denn die Gewißheit verstärkt sich, daß ich ohne diesen letzten, auch für mich bitteren Schritt nicht in Ruhe sterben kann. Das ist der einzige Wunsch, den ich noch habe. Auch wenn es Euch nicht leichtfällt, mir noch einmal gegenüberzutreten, tut es doch.
Ich bitte Euch darum.

Alfred

Zuerst waren wir gegen den Besuch, sagte sie. Keine wollte zu Alfred fahren.
Am heftigsten hat Myrtha reagiert.
– Das könnte dem Kerl passen.
Jetzt plötzlich so kommen.
Nach all den verpfuschten Jahren.
Dieser Halunke.
Aber Clarissa lockte die Reise, von Anfang an.
Sie habe oft daran gedacht.
So fanden die drei Schwestern zum Gespräch, wie seit langen Jahren nicht mehr. Keine hätte das noch für möglich gehalten.

2

Alfred noch einmal sehen, nach so langer Zeit – sie war fasziniert gewesen von dem Gedanken –

Leben im Krieg. Aus dem Radio täglich die Siegesmeldungen des Großdeutschen Rundfunks. Kämpfe im Westen, Kämpfe im Osten. In den Illustrierten die Bilder von Städten in Schutt und Asche, fremde Namen, die plötzlich Bedeutung bekamen und in Erinnerung blieben: Dünkirchen, Sedan, Warschau, Smolensk.
Angst und Unsicherheit im ganzen Land.
Wann sind wir an der Reihe?
Die Frontisten organisierten Fackelzüge, forderten eine Einheitsfront mit dem nationalsozialistischen Deutschland, wetterten gegen die Verjudung von Wirtschaft und Beamtentum. Häufiger die Flugblätter in den Briefkästen: *Kauft nicht bei Juden.* Mittellose Emigranten mußten sich bei den Behörden melden und wurden in Arbeitslager gesteckt, vorsorglich; politische Agitation gegen Deutschland könnte das nationalsozialistische Regime provozieren.
Manche Nacht standen die Schwestern am Fenster und horchten nach dem Dröhnen der Bomber, das die Menschen aus dem Schlaf schreckte. Freund oder Feind? Die Behörden warnten vor Saboteuren und Spionen. *Seid wachsam, der Feind ist unter euch.*
Mobilmachung der Armee. Grenzbesetzung. Der Bundespräsident wandte sich ans Volk, sprach von der notwendigen Anpassung an die neuen Verhältnis-

se in Europa, auch die Schweiz müsse die Chance zu innerer Wiedergeburt wahrnehmen. Ausgefahrene Wege verlassen. Den alten Menschen ablegen. Den Blick vorwärts wenden. Sich dem Rhythmus der neuen Zeit anpassen. Der Regierung folgen. Dem Führer sich hingeben. Mut, Entschlossenheit, Opfergeist und Selbstaufopferung als rettende Tugenden an den Tag legen.
Anpassung statt Widerstand.
Melzer kannte die These, die dazu diente, die Anlehnung an das nationalsozialistische Deutschland zu rechtfertigen: Waffenlieferungen an die Nationalsozialisten, Rückweisung von Emigranten, Zurückhaltung in der Judenfrage, Pressezensur.
Das war lange her, August 41 –

Früh am Morgen sitzt sie mit der Mutter noch draußen am runden Blechtisch, das graue Morgenlicht tropft durch die Bäume, sie trinken Kaffee, Mutter gähnt, klagt über Schmerzen im Kreuz, über die Nöte des Alltags. Sie kann die Lebensmittelkarten nicht mehr finden, braucht dringend Mehl und Zucker. Der Krieg rückt näher, klagt die Mutter, nicht mal mehr das Brot reicht aus, sie bittet die Tochter, bei ihrer Chefin um Mehl nachzufragen.
Helen verspricht es, küßt die Mutter, die sitzenbleibt, eine Pille in den Kaffee fallen läßt, sich schüttelt beim Trinken.
– Abscheulich.
Das hört die Tochter noch, läßt das Tor ins Schloß fallen.

– Bis zum Abend.
Die Mutter nickt, winkt der Tochter zu, senkt das Gesicht. Am späten Nachmittag kehrt sie zurück, bummelt durch die Gluthitze des Tages, die schmale Dorfstraße entlang, sie sieht das Schwinden des Lichtes über den sommerlichen Dächern, unschlüssig geht sie, tändelnd, langsam rückt das Haus heran, die Luft zittert über dem roten Ziegeldach, sie weiß und will es doch nicht wissen, die Mutter lebt nicht mehr –

Amalie Anna Leber, geborene Mehlin 1896–1941. Goldbuchstaben auf schwarzem Granit.
Melzer hatte mit Mutter manchmal das Grab der Großmutter besucht. Sie war während des Krieges gestorben, das wußte er, ganz überraschend, eine seltene Krankheit.
Mehr hatte Mutter dem Kind nicht sagen wollen.
Der kleine Friedhof lag außerhalb des Dorfes auf einer Anhöhe. Unten die schmale Ebene, durch die sich der Fluß schlängelte, gesäumt mit hohen Pappelreihen, die Dörfer als dunkle Kleckse inmitten der Wiesen und Äcker ausgebreitet.
An föhnhellen Tagen rückten die Berge mit den weiß verschneiten Spitzen heran.
Das Kind, das du damals gewesen bist, dachte Melzer.
Dem Kind waren diese Gänge zum Friedhof zuwider, es fand Ausflüchte, um Mutter nicht begleiten zu müssen. Es fürchtete sich vor der Stille zwischen den Gräberreihen und dem fauligen Geruch verwelkter Blumen, der ihm ansteckend schien wie eine Krank-

heit; Mutters stilles Verweilen vor dem Grab berührte es peinlich, es hielt sich abseits, blickte verstohlen auf Mutter, die betend vor dem Grab kniete, die Blumen ordnete, verwelkte wegtrug und neue pflanzte oder in kleine Metallvasen steckte.
Es wehrte sich immer öfter mitzugehen, und gab es wieder einmal nach, so ließ es die Mutter auf dem ganzen Weg seinen Unwillen spüren, trat in Pfützen, kletterte auf Bäume, beschmutzte sich die Kleider.
Ein unartiges Kind.
Melzer lachte.
Das letzte Wegstück zum Friedhof führte über einen schmalen abschüssigen Trampelpfad, der an Regentagen aufgeweicht und glitschig und nur durch einzelne, aus Rundhölzern gefertigte Stufen leicht gestützt war. Oft setzte sich das Kind auf eine dieser Treppenstufen und weigerte sich, die letzten Meter bis zum Friedhof zu gehen. Mutter ließ ihm meist den Willen, machte die letzten Schritte allein. Das Kind hörte das schmiedeeiserne Tor ins Schloß fallen, sah über der Friedhofsmauer Mutters dunklen Schopf.
Auch als Großmutters Grab nach fünfundzwanzig Jahren beseitigt wurde, pilgerte Mutter manchmal zum Friedhof, legte Blumen auf irgendwelche Gräber und verweilte betend, wie sie es immer getan hatte.
Sie verriet Melzer nie, wer ihr Gott war und wie sie es mit dem Glauben hielt. Und sie hatte wohl seit dem Tod der kleinen Schwester mit diesem Gott gehadert.
Ihr wäre es am liebsten, hatte sie einmal zu Melzer gesagt, wenn ihre Asche weit über die Felder, durch

die sie so oft in ihrem Leben gebummelt war, verstreut würde. Nur die Erinnerungen sollten bleiben, die man in den Menschen zurückgelassen hat.
Mutter sah Melzer an.
Ja, es seien alte Geschichten, an die sie da rühre, aber eben doch nicht vergessen.

Nicht erst seit dem Brief – schon lange stand Alfreds Gestalt überdeutlich vor ihrer Erinnerung.
Trotzdem konnte sie nie darüber sprechen, hätte es wohl manchmal gerne getan.
Eine alte Geschichte, sagte ihr Mann.
Fang nicht wieder davon an.
Der Brief hatte etwas in ihr aufgerührt, das nun eine sonderbare Gewalt über sie bekam. Clarissa muß es ähnlich gegangen sein. Auch sie war für die Reise. Nur Myrtha nicht, sie wollte nicht mitgehen.

Melzer drehte sich um.
Der Schein der Nachttischlampe tauchte das Zimmer in mattgelbes Licht. Auf dem Nachttischchen das Wasserglas, inmitten von Schachteln und Dosen mit Pillen. Mutter war selten krank gewesen, er konnte sich nicht daran erinnern, daß sie einmal länger als einen oder zwei Tage im Bett lag. Das Zimmer hatte sich nicht verändert in all den Jahren. Noch der gleiche hellgraue Teppich zwischen Bett und Schrank.
Über dem Nachttischchen, dunkel abstechend von der weiß geriffelten Wand, eine braune Korkplatte, auf der Mutter mit Stecknadeln jene Fotos befestigt hatte, die ihr wichtig waren: die Bilder der Kinder,

Vaters Bild, das Hochzeitsfoto, auf dem Mutter ein junges Mädchen war mit welligem Haar, das ihr in breiten Bahnen über Nacken und Schulter floß, fröhlich lachend, daneben das Bild der Schwestern, junge Mädchen alle drei, Tante Myrtha, die Jüngste, vielleicht siebzehn, mit einem breitrandigen Hut auf dem Kopf, Mutter in einer weißen Rüschenbluse. Ganz am Rande der Platte, leicht schräg, das Foto eines jungen Mannes, den Melzer nicht kannte, ein scharfgeschnittenes, knochiges Gesicht, in dem die dunklen Augen auffielen. Das schwarze Haar war leicht in die Stirn gezogen.
Dieses Foto hatte Melzer noch nie gesehen.
– Alfred?
– Nein, Simon, Simon Levy.
– Ein Jugendfreund?
– Mehr als das.
– Du hast nie etwas erzählt.
Melzer nahm das Foto von der Wand.
Er stutzte.
– Noch eine Geschichte?
– Ein und dieselbe.

3

Melzer schenkte sich ein Glas Roten ein.
Das Foto hing noch immer im Wohnzimmer, hinter Glas in einem billigen Holzrahmen. Die Schwestern am Gartenzaun, das schulterlange Haar mit Schnallen aus der Stirn gesteckt, runde Gesichter alle drei, mit einem gequälten Lächeln um die Mundwinkel, alle gleich gekleidet, Deux-pièces, leicht tailliert und zugeknöpft, der lange Spitzenkragen nach außen gelegt, knielang die Jupes, die Socken in die Wade gerutscht, die Hände in die Hüften gestützt, trotzig abgehoben vom Garten hinter dem Zaun. Kartoffelstauden in den hochgezogenen Furchen.
Sommer 41.
Anbauschlacht. Gemüsegärten wurden ebenso in Äkker verwandelt wie Fußballplätze und Parkanlagen, um den Brotgetreideanbau zu steigern und die Versorgung des Landes sicherzustellen. Kriegsvorsorge.

Mutter hielt zu ihren Schwestern keinen engen Kontakt. Besonders mit Myrtha, die mit einem bernischen Bankbeamten verheiratet gewesen war, hatte sie nach einem Streit kaum noch Verbindung. Doch war Mutter nie bereit, auf die Hintergründe des Streites einzugehen, zu peinlich schien ihr diese Angelegenheit zu sein.
Am besten verstand sie sich mit Clarissa, der Ältesten, die einen Dachdecker zum Manne hatte, der aber noch vor seiner Pensionierung seinen übermäßigen Alkoholkonsum mit einem Herzversagen bezahlt

und die Dachdeckerei seinem Schwiegersohn hatte überlassen müssen. Auch Myrthas Mann starb frühzeitig bei einem Autounfall.

Melzer waren Mutters Schwestern als – mit zunehmendem Alter jedenfalls – leicht verschrobene, aber doch liebenswürdige Frauen in Erinnerung, bei deren Erscheinen man aber doch am besten Leine zog und sich bis zu ihrem Abgang nicht mehr blicken ließ. Mit dem Dachdecker hatte er sich noch am besten verstanden, weil er ihn manchmal mit seinem Studebaker zur Arbeit mitnahm, ihn früh auf Dächer klettern und auf diese Weise die Welt von oben anschauen lehrte. Seine Seelenruhe verlor der Dachdecker nur, wenn seine Frau ihm im Laufe des Abends den Schnaps sperren wollte, was vor allem geschah, wenn Tante Myrtha und ihr Mann anwesend waren. Tante Myrthas Mann wäre eigentlich gern Kriminalbeamter geworden, Fahnder, wie er sagte, aber als er die Prüfung für den Eintritt in die Polizeifachschule nicht bestand, wandte er sich dem Bankgewerbe zu, wurde Kassierer einer Raiffeisenkasse im bernischen Seeland. Und das war immer noch eine berufliche Stellung, die Tante Myrtha veranlaßte, sich über ihre beiden Schwestern erhaben zu fühlen. Sie wurde nicht müde, die Verantwortung, die auf einem Bankbeamten ruhte, ihren Schwestern gegenüber herauszustreichen, wobei in ihrer Stimme ein Unterton von Mitleid über deren Los mitschwang. Was waren schon ein Dachdecker und der Angestellte einer Transportfirma, Güterarbeiter, sagte Tante Myrtha, gegenüber einem Bankbeamten. Myrtha litt zwar unter der Tat-

sache, daß ihr Mann zeitlebens in der gleichen Bank blieb und es nicht zum Prokuristen oder gar Verwalter einer größeren Bank brachte. Sie schrieb dies einer Intrige in der Bankhierarchie zu, die darauf abzielte, ihren Mann in diesem Kaff versauern zu lassen.
Auch wenn Mutter sich mit Tante Myrtha nie besonders gut verstanden hatte, so bedauerte sie doch deren gänzlichen Rückzug. Verständlich, daß Tante Myrtha wenig Lust hatte, mit den Schwestern Alfred zu besuchen.

Alfred Kronig. Simon?

Melzer hätte am liebsten gleich alles wissen wollen. Geheimnisse im Leben seiner Mutter – damit hatte er nicht gerechnet.
Er ergriff die auf dem Tisch liegende Zeitung. *Journal du Jura.* Seit wann las Mutter französische Zeitungen. Melzer schüttelte den Kopf. Sie konnte doch kein Französisch.
Er blätterte und brauchte nicht lange zu suchen. Die Meldung war rot umrandet:

Avis mortuaire.

Il est entré dans la Paix de Dieu, muni des sacrements de l'Eglise. Sonceboz, le 5 juin.
Alfred Kronig. Melzer las die kurze Meldung nochmals.
Seltsamer Name.

Er faltete die Zeitung zusammen und entdeckte ein zweites Blatt, vergilbt und wasserfleckig, eine Zeitung aus der Kriegszeit, 12. August 41, eine knappe Meldung auf der Lokalseite.
Auf dem Tisch lag auch ein Reiseführer der Baltischen Staaten mit einem Bild der Stadt Riga. Für Helen herzlich Simon.
Melzer eilte nach oben.

Mutter schlief noch immer, als er das Zimmer betrat; nur die kleine Nachttischlampe brannte, warf ein trübes Licht auf ihr zur Seite gewendetes Gesicht. Ihr Haar, seit Jahren von einem hellen Grau, fast weiß, schien von einer sonderbar gelblichen Färbung, die ihm früher nicht aufgefallen war, und gelb erschien auch ihre Haut, trocken und matt, weiß um Mundwinkel und Augen. Es mochte am Licht liegen oder an seinen Augen, die, noch geblendet vom hellen Schein der Neonröhren im Korridor, sich erst ans Halbdunkel im Zimmer gewöhnen mußten.
Melzer zögerte, blieb unvermittelt stehen. Mutters Hände lagen verkrampft auf der Decke, in die Daunen festgekrallt, gelblich die Haut um die Nägel, die gläsern erschienen.
Melzer bezwang seine Neugier, ließ die zum Klopfen erhobene Hand sinken.
Unbeweglich verharrte er mitten im Raum, die Hände in den Taschen. Er musterte die Gegenstände im Zimmer, als sähe er sie zum erstenmal: das breite Holzbett, zweigeteilt, ein kleiner Graben in der Mitte, handbreit vielleicht, der die Matratzen trennte, die

niedrigen Nachttischchen aus dem gleichen dunkelbraunen Tannenholz; und über dem Nachttischchen das gerahmte Bild des Ehepartners, so wie er damals war, als man dieses Bett kaufte und anfing, die Nächte miteinander zu verbringen, getrennt durch den kleinen Graben dazwischen, nah genug, um den Atem des andern zu vernehmen und die Unruhe, die seinen Schlaf störte, und doch zu weit, um wirklich Nähe zu fühlen. Jeder auf seiner Seite, jeder mit einem Hocker neben dem Bett für die abgelegten Kleider, jeder mit dem Bild des andern an der Wand. Und Jahre waren hingegangen über dieses Zimmer, der Lack auf den Möbeln war abgeblättert, rissig das Holz, der Spiegel stockfleckig geworden; und die Gesichter in den Betten paßten immer schlechter zu den Gesichtern auf dem Bild, und immer seltener suchte wohl die Hand über den Graben hinweg die Hand des andern. Was führten die Eltern für ein Leben? Eine Mutter, die litt, ein Vater, der ihm immer fremd geblieben war.

Melzer maß immer von neuem die Gegenstände, Bett, Kommode, Schrank, Hocker. Er stellte sich die Gesichter vor, die Körper, die um diese Gegenstände sich bewegten, all die Jahre, die Veränderungen, die an diesen Körpern vor sich gingen, die Gespräche, die seltener wurden, kürzer der Schlaf in der Nacht, dünner und unruhiger, von Bildern geplagt, von Gedanken; naß vom Schweiß der Schlafanzug, kein Mut, Licht zu machen, aus Angst, den andern, der jenseits des Grabens in seinen Laken sich hin und her wälzte, zu stören. Und der andere hing vielleicht den gleichen unruhigen Gedanken nach, lag auch wach, lange schon, in der gleichen Verzweiflung – und doch fand keines das Wort, das erlösende, das vielleicht etwas verändert hätte. Die Wörter und die Sätze, die schon lange ausblieben, auch tagsüber, die sich auf das beschränkten, was für den Ablauf des Tages nötig war, genug, um dem Leben eine Ordnung zu geben.

Genug zum Überleben.

Und selbst der Versuch, das zu beklagen, hörte eines Tages auf, wich jener Stille, die das Ungesagte in Schmerz verwandelt.

Vielleicht, hat Mutter einmal gesagt, büßen manche den Tod schon im Leben ab.

Die Jahre eilten hin, die Dellen in den Matratzen nahmen zu, die Laken wurden dünner, abgeschabter, die Stille größer, die Gesten über den Graben hinweg waren schon längst eine Erinnerung, und das Bedauern darüber, daß sie eines Tages ausgeblieben waren, schon fast selbstverständlich, bis es einem trüben Vergessen wich, das sie, hätten sie Worte dafür gesucht, Gleichgültigkeit hätten nennen müssen oder Trauer. Die Krankheit, die sich einstellte bei dem einen, war schon eine Gnade, weil sie ablenkte von dem, was sonst hätte gesprochen werden müssen, und weil sie dem Ausdruck gab, was schon längst krank war in ihnen. So sorgte das eine für das andere, die Frau für den Mann, die Krankheit lieferte Stoff für Gespräche, brachte Besuche ins Haus, entband von der Pflicht zu leben wie andere und hielt die Träume nieder. So wurde endlich auch der Graben zum Segen. Er gab

jedem seinen Bezirk, grenzte ab, was nicht mehr zu überschreiten war.
Melzer schloß die Augen, ballte die Hände in den Taschen zu Fäusten, ein Gefühl von Auflehnung, von sinnloser Wut durchzuckte ihn.

4

Melzer trat ins Freie.
Langsam schritt er über das naßglänzende Laub, das über den Wegen und Beeten sich ausbreitete.
Mutter war nicht mehr dazu gekommen, das Laub zu rechen und es in Körben auf den Komposthaufen zu tragen, wie sie es sonst jedes Jahr getan hatte. Noch bevor die ersten Blätter fielen, wurde sie bettlägerig und mußte den Garten sich selber überlassen. Er war ihr geheimes Reich; absichtlich ließ sie Hecken und Büsche üppig sprießen. Sie liebte das wilde ungezähmte Grün.
Melzer nahm den schmalen Quartierweg, der einst sein Schulweg gewesen war. Einfamilienhäuser und Wohnblocks zu beiden Seiten, fast alle von den Besitzern der beiden Fabriken erbaut, in denen die meisten Dorfbewohner Arbeit gefunden hatten, eine Textilfabrik, die Berufskleider und Herrenhemden herstellte, und eine Schuhfabrik; die hatten dem Dorf zu raschem Aufschwung, einem gewissen Wohlstand und zu einer steigenden Einwohnerzahl verholfen. Neue Häuser waren im Quartier entstanden, viel Sichtbeton und Glas. Die Altwarensammlung an der Ecke, schon damals Stein des Anstoßes, hatte überdauert. Noch immer die verrosteten Kühlschränke, Kochherde, Badewannen mit aufgesprungenem Emaille im Hinterhof, zur Straße hin ein Lager mit zerfransten Matratzen und zerschlissenen Polsterstühlen, dem Regen ausgesetzt und den Ratten, gesäumt von Kochtöpfen und Zubern aus Holz und

Blech, alten Dachrinnen, Fahrradgestellen und Bootssirenen.
Bronstein, ein bärtiger Alter, hatte von dem Zeug leben können.
Der letzte Jud.
So hieß er im Quartier.
Gegenüber das Haus des Bienenzüchters; die mit Teerpappe gedeckten Bienenhäuser sahen verfallen aus, abgeblättert die Farbe, die einst den Weg zur Königin wies, das Holz wundgescheuert vom Regen, von Fäulnis zerfressen, die Pappe zerschlissen, auch das Schild am Straßenrand mit dem aus Holz geschnitzten Zeigefinger war verblaßt: *Bienenzüchterei, Schweizerhonig*. Melzer zuckte unwillkürlich zusammen. Seine Erinnerung bewahrte das Summen der Bienen als graue Angst, noch verstärkt durch die Drahtmaske auf dem Kopf des Bienenzüchters, der wie ein Degenfechter zwischen seinen Völkern fuchtelte, mehr ein Ritter von der traurigen Gestalt als ein Imker.
Vor mehr als vierzig Jahren war Mutter in dieses Dorf gekommen, hatte zuerst als Akkordnäherin in der Hemdenfabrik Arbeit gefunden und später den kleinen Quartierladen geführt, in welchem die Arbeiter und Arbeiterinnen ihre Würste kauften und sich ein Schinkenbrot für die Pause machen ließen. Mutter öffnete um halb sieben, reichte den noch müden Morgengesichtern die Brote übern Ladentisch, schrieb an, wenn gegen Monatsende das Geld fehlte, achtete nicht auf Sticheleien der schlechtgelaunten Frühaufsteher, tippte die Beträge in die klimpernde

Registrierkasse ein, zählte nicht nach, legte das Fehlende aus eigener Tasche dazu, wenn am Abend die Kasse nicht stimmte.

Langsam schritt Melzer zwischen den Häusern dahin. Wenig hatte sich im Quartier verändert, die Fassaden der Wohnblocks noch im gleichen verwaschenen Grau der Fünfzigerjahre, Farbe nur im Sommer, wenn die Geranienkistchen die kleinen Balkone zierten, die damals als Sinnbild für besseres Wohnen galten. Autos, die jetzt vor allen Häusern standen, bildeten im Quartier noch die Ausnahme. Der klapprige Bugatti des Sägereibesitzers fand viel Bewunderung. Auch der Altwarenhändler erstand eines Tages einen Wagen, einen Citroën mit Schwalbenflügeln. Doch gegen den Bugatti des Sägereibesitzers kam nicht einmal die Lautstärke seiner Hupe an, und die Kotflügel waren nun einmal kein Gesprächsthema, jedenfalls nicht für den Sägereibesitzer.

Melzer betrachtete die feuchten Stämme vor der Sägerei, Harzduft stieg ihm in die Nase, hier hatte er als Knabe gearbeitet. Sägemehl schaufeln und Abfallholz stapeln, zweimal die Woche an freien Nachmittagen, in den Ferien den ganzen Tag. Der Sägereibesitzer bezahlte dreißig Rappen die Stunde und einen Karren Abfallholz obendrein. Wenig. Der Mann wurde in der Nachbarschaft nicht umsonst der Geizwurm genannt, *Güitworm*, riefen die Kinder hinter der Thuyahecke, welche die Sägerei zur Straße hin abschloß.

Er setzte sich auf einen der nassen Stämme.

Täglich der kreischende Lärm von der Bandsäge im

Quartier. Feine Sägemehlwolken wirbelten durch die Luft und bildeten auf dem Asphalt einen dünnen, weißen Teppich, in den die Kinder feine Zeichnungen strichelten. Der Sägereibesitzer, ein schwerer vierschrötiger Mann, war wegen des Lärms seiner Bandsäge und der schrillen Art, mit der er seine Arbeiter herumkommandierte, im Quartier verhaßt, aber da er jahrelang den Gemeinderat präsidierte, verliefen all die Klagen der Quartierbewohner im Sande.
Der Kanal hinter der Sägerei führte in geradem Lauf auf die Textilfabrik zu. Verwildert die Uferböschung, die durch lange Weidenhecken gesäumt war. Melzer machte eine paar Schritte flußaufwärts zum Wehr, wo der große Nußbaum den Fluß überragte und Vogelbeersträucher und Buschwindröschen die Ufer verschatteten.
Landschaft der Kindheit.
Hier war der Spielplatz gewesen, in diesen verrosteten Eisenstäben kletterte er herum, hockte auf dem schmalen Steg, der bei der Staumauer über Fluß und Kanal führte, schaute dem Wasserrinnsal zu, das sich jenseits der Stauung durch vermooste Steine schlängelte. Hier sammelte er mit Mutter Nüsse, klaubte sie aus den grünen aufgebrochenen Schalen und legte sie in den Henkelkorb.
Augenblicke, in denen Mutter von der Kindheit erzählte. Von Onkel Franz, dem Schürzenjäger der Verwandtschaft, der mit zunehmendem Alter immer jüngere Frauen an seiner Seite hatte; vom sagenhaften Geiz Tante Rosas, die Kaffeefilter auswusch und sie wieder verwendete, die auf Hochzeiten und Leichen-

mählern die Reste des Essens einpackte, um Haushaltsgeld zu sparen; vom Vater schließlich, der den Alkohol mehr als die Arbeit liebte, den Hof Frau und Knechten überließ, im Sternen täglich seinen Roten trank, gegen Abend oder spät in der Nacht heimtaumelte und durchs Treppenhaus stolperte. Wenigstens habe ihn der Alkohol bloß sanftmütig gestimmt, sagte Mutter, nie aggressiv oder gewalttätig, eine Seele von Mensch sei er gewesen, gütig und verträglich noch im Suff. Deshalb fiel es schwer, ihm etwas übel zu nehmen. Als man ihm den Sternen und den Bären verbieten mußte, weil seine angegriffene Leber ihn längst Blut speien ließ und er wegen Blutsturzes mehrmals ins Spital eingeliefert wurde, besorgte er sich seinen Wein heimlich in der Spezereihandlung, literweise, einen billigen Algerier zu einszwanzig die Flasche, oder einen Montagner zu einsachtzig. Er trug die Flaschen in einem Jutesack, der halb mit Heu gefüllt war, nach Hause, trank auf dem Heuboden oder im Stall bei den Schweinen. Und Helen bat er jeweils, die leeren Flaschen, die er überall versteckt hatte, ebenso heimlich wegzubringen, wie er sie beschafft hatte. Und später, als er längst bettlägerig war und gräßlich litt unter seiner harten Leber, flehte er die Tochter manchmal um einen Zweier an oder wenigstens einen Vermouth oder einen Rossi, den er langsam schlürfte. Zuletzt trank er auch Brennsprit oder sogar Kölnisch Wasser, was er eben erwischte. Die Fotos zeigen einen gedrungenen breitschultrigen Mann mit breitem Schädel, von dem die Ohren so weit abstehen, daß man meinen konnte, sie würden salutieren. Und stets brannte sein Stumpen, wie ein Lutscher, zwischen den Lippen. Vielleicht, hatte Mutter gesagt, war er zu weich für dieses Leben. Mutter, damals dreizehnjährig, begleitete ihn auf den letzten Spaziergängen, als er, erst achtunddreißigjährig, bereits schwer am Stock ging, führte ihn auf die kleine Anhöhe. Von hier ließ er seine Blicke schweifen übers Dorf und übers Tal, hinein in die Schneeberge. Da konnte er lächeln, konnte ganze Nachmittage dasitzen, schweigend manchmal und manchmal auch erzählend. Vom Leben in den Bergen, vom Brüniggebiet, aus dem er stammte und wohin zurückzukehren er träumte, weil er in diesen Niederungen nie heimisch wurde. Vor dem Tod wollte er noch einmal in seine Berge, aber das erlaubte sein Zustand nicht mehr. GELIEBT, BEWEINT UND UNVERGESSEN stand auf seinem Grabstein.

Melzer drückte seinen Schuh in die glitschige Erde des Uferbordes, schmatzend gab der Boden nach; eine Vogelschar kreiste über dem Talgrund, matschig braun die Felder, aufgerauht vom Wind. Spätherbst.

Sie standen am Wehr damals, Mutter und er, die mit Nüssen gefüllten Körbe neben sich, Wasser quoll über die Bretter, die den Fluß stauten, weiß spritzte es auf der geriffelten Betonrampe am Fuß der Mauer auf, rauschte in quirligen Rinnsalen über Tang und Moos ins Flußbett; leicht ruhte Mutters Hand auf seiner Schulter, als sie von diesem Mann erzählte, den sie Vater nannte und den sie doch kaum gekannt hatte: GELIEBT, BEWEINT UND UNVERGESSEN.

Wie leicht man solche Worte auf ein Grab schreibt.

Leise hatte Mutter die Worte ausgesprochen, als seien sie nur für den Fluß bestimmt, würden dem Lauf des Wassers mitgegeben.
Von ihrem Vater hatte Mutter manchmal gesprochen, von ihren Schwestern, von der Arbeit auf dem Hof und den Feldern, vom Dorf und den Jahreszeiten.
Nur von Alfred sprach sie nie. Auch nicht von Simon. Und nie über die Umstände des Todes ihrer Mutter.

Wieder spürte Melzer Ungeduld.
Alfreds Brief. Simons Bild. Warum beschäftigte ihn das mehr, als er es sich eingestand. Es war Mutters, nicht seine Geschichte. Und doch empfand Melzer eine heftige Unruhe.
Hirngespinste.
Melzer schüttelte den Kopf, kickte im Gehen mit dem Schuh eine Blechdose weg.

Er blieb stehen, spähte durch das Dunkel über den Kanal; Kastanienbäume ragten am jenseitigen Ufer in die Nacht, dicht in den Nebel eingesponnen. Der Hang gegenüber als schwarzer Strich unterm Himmel; auf der kleinen Anhöhe davor Maria Isabellas Haus. Die schöne Maria Isabella, die am Abend im seidenen Negligé aus dem Fenster lehnte, um Freier anzulocken, eine Zigarette zwischen roten Lippen, die Hand, die mit nachlässiger Geste das Negligé zur Seite schob und ihre Brüste streifte, sie liebkosend – dies Spiel vor Knabenaugen, die sich nicht sattsehen konnten an der weiß schimmernden Haut. Und die leisen Schreie aus dem Dunkel des Zimmers, wenn einer der Männer hinaufgestiegen war zu Maria Isabella, die Knabenhände, die sich heftiger an den Stamm ihres Horchpostens klammerten, die nichts versäumen wollten, die geduldig warteten, bis Maria Isabella wieder am Fenster erschien, die Haut jetzt glänzend von Schweiß.

Melzer schmunzelte.

Wie oft hatte ihm Mutter verboten, zu Maria Isabellas Haus zu gehen.

– Man macht nicht, was so eine macht.

– Was macht sie denn?

– Schweig jetzt, Bub.

Mutters strenge Stimme.

Mit einem trockenen Glucksen verschwand der Kanal im Innern der Fabrik. Längst standen die Maschinen still, an den Zeigern der Fabrikuhr fraß der Rost. Täglich die Fabriksirene damals, die hastigen Schritte der Arbeiter durch die Morgendämmerung. Mutters Abteilung im ersten Stock. Näherinnen in zwei Reihen hinter Singer-Nähmaschinen, in der Mitte das Förderband mit den Uniformteilen. Du kannst dir keine Pause gönnen, sonst gibt's Stauungen, die andern müssen warten, man ist aufeinander angewiesen, jede will das Maximum herausholen, verständlich. Diese Gesichter hinter den Nähmaschinen, angespannt, leicht gerötet, Hände, die den knittrigen Uniformstoff unter das Schiffchen schoben – wenn bloß die Nadel nicht bricht –, die Nadel tanzen lassen am Saum entlang, Faden abschneiden, den Laufzettel signieren, das nächste Stück unters Schiffchen schieben, die Nadel hüpfen lassen.

Halb so schlimm, wie es aussieht, hat Mutter beschwichtigt, alles eine Sache der Gewöhnung. Die Fabriksirene viermal am Tag, das Surren und Brummen der Nähmaschinen, das klackende Geräusch der Spulen, ein hastig hingeworfener Satz zur Nachbarin, überlaut, die Antwort als Fetzen, eingenäht in die tanzenden Fäden. Und vor den Scheiben zog der Tag vorüber, ob Sonne, ob Regen, immer trüb das Licht in den geriffelten Milchglasscheiben. Abends der müde Gang übern Hof, gebrochen schon das Licht über Fluß und Kanal, die Wohnung in Block vier, zweite Tür rechts, das Gemüse schon bereit, die Kinder hungrig.

Dunkel die leeren Fabrikhallen, grau gescheuert vom Regen, verschmutzt die Scheiben, zerbrochen manche, mit Karton notdürftig verklebt.

Im Erdgeschoß die Zuschneiderei. Männer in khakibraunen Arbeitsschürzen, die Zuschneider, die mit ihren Schneidemaschinen in die geschichteten Stoffplanen fuhren, die weiße Linie entlang, die sie mit ihren Kreiden gezogen hatten; nach dem Schneiden die Reste vom Tisch gewischt, eine Sache für die Spettbuben, die verdienten schließlich sechzig Rappen die Stunde, genug für ihr Alter, bekamen zu Weihnachten ein Ausschußhemd, einen Overall oder eine Arbeitsschürze, khakibraun oder weiß, mit einer schadhaften Stelle, einer aufgebrochenen Naht oder einem Schmutzfleck. Käufer hätten das nicht hingenommen, aber als Geschenk für die Arbeiter, deren Dienste die Firma zu schätzen wußte, waren diese Kleidungsstücke noch immer geeignet.

Melzer grinste: Spettbub, der du gewesen bist.
Er verließ das Fabrikgelände, trat nah ans Wasser. Noch immer die kleine Insel, dort, wo Kanal und Fluß sich wieder vereinigten, von Schilf umgeben, voller Libellen, damals zur Sommerzeit, das Sirren noch im Ohr und die Angst, die sie auslösten, diese kleinen blauen Tiere, deren Stiche die Kinder für tödlich hielten.
Melzer schloß die Augen.
Fern das Kind, das Papierschiffchen hatte schwimmen lassen, die rasch vom Sog des Mühlenkanals erfaßt wurden, vornüber kippten und in der Tiefe verschwanden. Melzer wandte sich vom Fluß ab, eine schmale Straße führte ins Quartier zurück.
Das hohe Haus an der Ecke mit dem gekiesten Vorplatz, von einem Bretterzaun umgeben, die großen Schaufenster zur Straße hin weiß übermalt; über der Eingangstür waren die Abdrücke der entfernten Buchstaben auf der grauen Fassade noch immer zu erkennen: HANDLUNG. LEBENSMITTEL UND HAUSHALT. Entfernt auch die Stufen zur Ladentür.
Auf diesen Treppenstufen hatten sie gesessen und mit Murmeln gespielt, die sie in den großen Taschen der Knickerbocker trugen und bei jeder Gelegenheit auf dem Asphalt aufspringen ließen. Und Lakritze kauten sie, die im Laden, fünf Stück für einen Zehner, zu haben waren und um die Wette gegen die Mauer des Nachbarhauses gespuckt wurden, bis der alte Bernauer fluchend das Fenster öffnete und mit der Weidenrute drohte.
Kein Licht in den Fenstern.

Mutter hatte das Haus nie geliebt. Die vielen Treppen, die hohen Räume. Und trotzdem waren sie lange geblieben. Und hatten mit Schimpf und Schande gehen müssen, als seien sie Diebe. Ein Manko in der Bilanz zum Jahresende, die Differenz zwischen Soll und Haben galt als Ausdruck für die Unzuverlässigkeit der Verkäuferin, die für den Betrag haftete und zu entlassen war, um ähnliches zu verhindern für die Zukunft.

5

Anfang Mai sind die Schwestern gefahren, an einem Samstag. Drei alte Frauen mit Reisetaschen, wie der versprengte Rest einer Seniorengruppe.
Melzer mußte lächeln bei dem Gedanken.
Am schlimmsten war es für Myrtha, die ja schon viele Jahre nicht mehr Zug gefahren war, ein Wunder nur, daß Clarissa und Helen es schafften, Myrtha aus ihrer Abgeschiedenheit hervorzulocken.
Myrtha lebte die letzten Jahre zurückgezogen in ihren vier Wänden, ging kaum noch aus, eine *Kurlige* war sie geworden, die sich nach dem Tod ihres Mannes am liebsten auch gleich hätte begraben lassen. Clarissa und Helen versuchten sie seit Jahren vergeblich einzuladen, aber sie führte jeweils alles mögliche ins Feld, um sie nicht sehen zu müssen.
Myrtha hatte wohl den Tod ihres Mannes nie verwinden können, auch wenn sich die beiden ständig stritten, als sie noch zusammen lebten.
Melzer war das Gekeif zwischen Tante Myrtha und ihrem nichtbeförderten Bankbeamten noch in guter Erinnerung. Es dauerte nie lange, bis sie sich stritten und der Bankier mit hochrotem Kopf das Zimmer verließ, um im Korridor draußen eine von seinen »Laurents Filtre« zu rauchen und sich über die streitsüchtigen Weiber zu ereifern. Melzer gab er mehr als einmal den Rat, ja nie zu heiraten, es gebe Frauen, die würden jeden Mann vorzeitig unter den Boden bringen.
Mutter sah Melzer an.

– Da haben sich zwei gestritten, all die Jahre, die sie zusammen verbrachten, und wenn dann eines nicht mehr da ist, will das andere nicht weiterleben. Myrtha glaubte es ihrem Mann schuldig zu sein, sich nach seinem Tod vollkommen zurückzuziehen. Und mehr als einmal sprach sie davon, wie gern sie auch gleich mit ihm gestorben wäre.

Ich habe ihr das nie ausreden können, sagte Mutter, erst nach Vaters Tod habe ich gemerkt, wie schwer es für eine alte Frau ist, nach dem Tod des Mannes noch einmal neue Wege zu finden und nicht einfach in Einsamkeit zu versinken.

Auch ihr sei es nicht leichtgefallen.

Ohne Alfreds Brief hätten sie Myrtha vielleicht nie mehr gesehen.

Fast ein wenig übermütig schlenderten die Schwestern auf dem Perron hin und her und warteten auf den Zug. Clarissa fing an, alte Geschichten zu erzählen, von den ersten Ausflügen, welche die drei Schwestern damals zusammen machten, Fahrradtouren in den Tierpark Roggenhausen oder hinauf zur Schloßruine Frohburg.

Auch von Mutters Tod sprachen sie.

Zum erstenmal seit vielen Jahren.

Stillschweigend hatten sie das Thema ausgeklammert, als sollte daran nicht gerührt werden.

Wie an etwas Verbotenes.

Ausgerechnet Myrtha fing nun davon an. Sie war es ja, die Mutter damals fand: blutüberströmt in der Waschküche, inmitten einer entsetzlichen Unordnung. Die ganze Einrichtung durcheinandergeworfen, Gartengeräte, Werkzeuge, Mutter auf dem Rükken liegend und diese entsetzlich klaffende Wunde im Leib –

Lautlos muß sie gestorben sein –

Myrtha, die bei den Nachbarn drüben die Kinder hütet, hört nichts, nicht bewußt jedenfalls. Dennoch kehrt sie plötzlich nach Hause zurück, sucht die Mutter. Irgend etwas muß sie aufgeschreckt und heim getrieben haben; leer das Haus, kein Mensch.
Aber die Angst, die sie spürt, unerklärlich, wächst mit jedem Schritt durch das leere Haus. Draußen der helle Sommertag, dessen Gerüche und Düfte durch das offene Fenster strömen, verschwenderisch, aufdringlich.
Im Haus ist kein Laut zu vernehmen. Sonderbar. Stille mitten am Tag.
Sie ruft nach der Mutter, erst zögernd, dann immer lauter, schreit und erschrickt ob ihrem eigenen Schrei.
Mutter muß im Haus sein, das weiß sie, sie hat sich kurz nach dem Mittagessen von ihr verabschiedet und dabei gesagt, sie werde in etwa zwei Stunden wieder zurück sein. Mutter hat genickt und ihr noch einen Strauß Ringelblumen für die Nachbarin mitgegeben. Mutter hat fröhlich gewirkt und heiter, und nichts hat darauf hingedeutet, daß etwas nicht in Ordnung sein könnte.

Vielleicht kommt ihr darum bei ihrer Rückkehr diese Nachmittagsstille im Haus unheimlich vor. Oder ist es bloß ihre Ängstlichkeit? Sie schreit durch das ganze Haus, öffnet die Tür zu jedem Zimmer. Alles ist wie immer, keine Besonderheit, auch die Küche aufgeräumt, das Geschirr gewaschen und zum Trocknen ins Tropfbrett gestellt.
Sie geht in den Keller.
Erst da, von der Treppe aus nimmt sie es wahr, die Unordnung, ein Chaos, und Mutter mittendrin, die Augen starr. Sie zuckt zusammen, kann nichts tun, nicht einmal schreien oder weinen, sie ist gelähmt, blickt auf diesen leblosen Körper, fassungslos.
Alfred kommt als erster, als Myrtha im Keller steht und auf die tote Mutter starrt. Sie läßt sich in seine Arme sinken. Er hält sie fest, minutenlang, ohne ein Wort zu sagen. Später nimmt er sie auf die Arme, trägt sie nach oben in ihre Kammer, deckt sie zu und beugt sich lange über sie. Sie weiß noch, wie sie langsam die Augen öffnet, zu ihm aufschaut, in sein Gesicht, das ganz nahe dem ihren ist, wie sie, ohne sagen zu können warum, den Wunsch verspürt, gehalten zu werden. In dem Augenblick, als sie die Arme nach ihm ausstreckt, sieht sie den dunklen Fleck an seinem Hemd und beginnt zu schreien, sie schreit, bis der Arzt kommt, ihr eine Spritze verabreicht und sie in tiefen Schlaf fällt.
Ja, Myrtha schlief, als Helen an diesem Unglückstag nach Hause kam –

Helen

Ein achtzehnjähriges Mädchen steht an der Tür und wagt nicht, ins Haus einzutreten, weil es weiß, es wird die tote Mutter finden, und alles wird verändert sein. Als Helen endlich die Tür öffnet, langsam und zögernd über die Schwelle tritt, ist ihr, sie trete in ein fremdes Haus ein, selber eine Fremde geworden, die Räume und Gegenstände, die einst so vertraut waren, wirken kalt und abstoßend. Und etwas in ihr weigert sich, die Frau im Sarg als die Mutter zu sehen und all die Menschen wahrzunehmen, die in der Stube sitzen, ihrem Entsetzen über das Vorgefallene Ausdruck geben; sie geht auf ihre Schwester zu:

Clarissa

denkt nur an den Traum in der Nacht zuvor, unscharfe Bilder einer Landschaft am Meer, weit draußen ein Boot, das sich entfernt. Sie wacht auf, verängstigt, verstört, wagt es nicht, den Traum zu erzählen, und muß später immer wieder an ihn denken.
11. August 41, ein drückend heißer Tag.
Der Schweiß dringt ihr aus den Poren, als sie vor der Mutter steht und dann ihre Schwester sucht, die alles weiß:

Myrtha

sie hört ihren Schrei durch das Haus, das Knarren der Treppe, die Angst, der Geruch von Blut, von Schimmel und dumpfiger Erde, der aus dem Keller aufsteigt und ihren Schrei erstickt. Alfreds Arme, die sie auffangen, kräftige Männerarme, sein Gesicht nah dem ihren, ausdruckslos, dünnlippig dieser schmale Mund –

Myrtha geriet in Wut, wenn Alfreds Name nur erwähnt wurde, auch jetzt noch, in diesem Zug, der sie durch den warmen Frühsommertag trug, mit den unzähligen blühenden Obstbäumen und einem Himmel von klarem stechendem Blau. Ins Gesicht spucken werde sie ihm, giftelte Myrtha, schon diese Unverschämtheit, ihnen überhaupt zu schreiben, zeige, daß er wohl glaube, alles sei vergessen, sei verziehen.
– Aber gewisse Dinge können nie verziehen werden, dürfen nie verziehen werden. Das werde ich ihm sagen, nur darum bin ich überhaupt mitgekommen.
Myrtha war ganz außer sich.
Sie werde verhindern, daß da Versöhnung gefeiert werde, das sei sie der Mutter schuldig, auch jetzt noch, vierzig Jahre nach ihrem Tod, diesem entsetzlichen Tod.
Myrtha war nicht zu bremsen, setzte immer neu an.
Ihr komme diese Annäherung an Alfred vor wie der Versuch, all die alten Nazis und KZ-Schergen als niedliche Großväter in die Arme zu schließen und ihre Vergangenheit als entschuldbaren Irrtum abzutun.
Clarissa wehrte ab, wies darauf hin, daß Alfred doch nicht mit den Nazis verglichen werden könne.

– Hat er nicht auch gegen die Juden gewettert und mitgeholfen, sie aus unserem Dorf zu vertreiben?
– Das waren Gerüchte.
Clarissa versuchte vergeblich, Myrtha zu besänftigen. Doch sie war von dem Gedanken nicht abzubringen, man müßte ihm wie einem Geächteten begegnen, der von einem späten Racheengel heimgesucht werde. Wenn er schon die Frechheit hatte, uns einzuladen, fauchte Myrtha und schwang dabei ihren Stock, soll er auch gewärtigen, daß ich ihm sein Verhalten von damals noch einmal vor Augen führe.
Vielleicht hätten sie an dieser Stelle die Reise abbrechen und nach Hause zurückkehren müssen. Aber damals im Zug mußten Clarissa und Helen lächeln über das, was Myrtha sagte. Drei alte Frauen, die mit sich selbst kaum zurecht kamen. Als Racheengel?

Myrtha,

die sich auf den Stock stützte, ihren schwer gewordenen Körper nur mühsam vorwärts bewegte. Die Beine eingebunden, offene Beine seit Jahren, wie ihre Mutter damals, und Schmerzen im Kreuz. Frauenleiden. Myrtha war schon immer kränklich gewesen.

Clarissa

mit ihrem hellen Lachen schien unverwüstlich. Die zierliche Clarissa, auch im Alter die hübscheste von den Schwestern, noch immer rege und beweglich, voller Temperament, als hätte ihr das Alter nichts anhaben können: noch das gleiche helle Lachen. Sie war auch die Versöhnlichste von ihnen allen, sie mochte Alfred längst verziehen haben, ohne daß sie darüber viele Worte verloren hätte. Für sie war es die selbstverständlichste Sache der Welt.

Vergeben und Vergessen.

Helen hatte das oft an Clarissa bewundert, diese Leichtigkeit, mit der sie über Dinge hinweggehen konnte, etwas Spielerisches war darin, eine trotzige Auflehnung gegen alles Bittere, das sie in ihrem Lachen auffing, als hätte sie etwas immun gemacht gegen die Unbill des Lebens. Auf diese Weise kam sie auch über die Enttäuschungen ihrer Ehe hinweg; sie harrte aus neben diesem ständig betrunkenen Mann, der mehr am Stammtisch gehockt als auf Dächer geklettert war. Clarissa behielt ihr Lachen und fand für sich neue Wege, als der Dachdecker seiner Leber Tribut gezollt und gestorben war. Myrthas Verbitterung fand in ihrem Wesen keinen Platz.

Helen blieb still, nachdenklich.
Sie spürte auf dieser Reise, wie sehr dies lange Vergangene noch immer in ihr hockte.
Wie gerne hätte sie etwas von Clarissas Leichtigkeit gehabt, diesem trotzigen Ja zu den Dingen des Lebens.
Vergangenes loslassen. Alfred noch einmal begegnen. Von Angesicht zu Angesicht. Ohne Bitterkeit. Ohne Angst –

Alfred ist siebenundzwanzig Jahre alt, ein schlaksiger Kerl, kräftig in den Schultern, verschlossen der Ausdruck seines Gesichtes, ein brauner Wuschelkopf über der gedrungenen Stirn, einer, der immer schüchtern ist, still. Ehrfurcht hat er gezeigt. Unterwürfigkeit.

Als Zweiundzwanzigjähriger kommt er ins Haus, als nach dem Tod des Vaters ein Mann auf dem Hof gebraucht wird. Die Töchter gehen noch zur Schule. Die Zeiten sind nicht gut. Wirtschaftskrise, Arbeitslosigkeit. Alles spricht vom Krieg. Hitler marschiert ins Rheinland ein. Die Meisterin sorgt sich um ihre Töchter. Und verwöhnt den neuen Knecht, als sei er ihr eigener Sohn. Kauft ihm Kleider, bezahlt seine Rechnungen, legt ihm ein Sparbuch an.

Er soll es gut haben, sich wohl fühlen. Ein Mann im Haus in diesen Zeiten; man ist froh um ihn.

Er zeigt sich dankbar, macht seine Arbeit. Tut mehr, als man ihm befiehlt. Muckt nicht auf.

Man schätzt ihn. Einer, der zugreifen kann, uneigennützig, geschickt.

Wünsche scheint er nicht zu haben. Ein Stiller ist er, brav. Hockt nicht in den Kneipen herum. Streicht nicht den Frauen nach. Bloß ins Kino, hin und wieder. Die Zerstreuung ist ihm zu gönnen. Es ist seine einzige. Ein vorbildlicher Knecht. Das geben auch die Töchter zu. Soll die Mutter ihn doch verwöhnen. Sie kommen ohnehin nicht zu kurz.

Alfred: Hätte man mehr wissen können über ihn?

– So begann das Unheil. Begriffen habe ich es bis heute nicht. Vielleicht gelingt es dir.
Die Mutter streckte Melzer ein Bündel gefalteter Blätter hin.
Auszüge aus den Gerichtsprotokollen, Myrthas Mann hatte sie sich beschafft – er wollte Fahnder werden, damals, und die Wahrheit finden.
Die Wahrheit?
Mutter seufzte.
Protokolle und Gutachten. Einzelbilder. Von Simon wenigstens blieben Erinnerungen.

6

Landjäger Breitenmooser, der als erster am Tatort eingetroffen war, hielt in seinem Rapport vom 11.8.41 die Lage der Leiche fest (Skizze) und stellte die Tatwerkzeuge sicher, einen Vorschlaghammer, ein 35 Zentimeter langes Tranchiermesser, welches mit Blut beschmiert war, und eine ebenfalls mit Blut besudelte Sense.

Breitenmooser fand den Täter, vollkommen ruhig, auf einer Balle Stroh sitzend auf dem Heuboden mit einem Jojo spielend. Er ließ sich ohne Gegenwehr festnehmen. Alfred Kronig trug – laut Verzeichnis – bei seiner Verhaftung:

ein Paar Socken
ein Paar Sockenhalter
eine schwarze Wollhose
ein kariertes Hemd
ein Paar Holzpantinen (schmutzig)

In seinen Taschen verwahrte er:

ein Schweizer Armeesackmesser
eine Armbinde mit Hakenkreuz
ein Stück Schnur
ein Jojo
einen Brief seiner Stiefmutter
eine Schachtel Streichhölzer
zwei Zigarettenstummel
drei Zweifrankenstücke
fünf rostige Nägel.

Auf seinem Zimmer fand man außer einigen weiteren Kleidungsstücken ein Dünndruckexemplar von Mein

Kampf, Flugblätter der als Schweizer Sportschule getarnten nationalsozialistischen Bewegung (SS), die zum Kampf gegen Juden und Emigranten aufrief.
In einer ersten noch am Tatort vorgenommenen und später durch Obduktion vertieften Begutachtung der Leiche durch Dr. Pfeiffer vom pathologisch-bakteriologischen Institut des Kantonsspitals wurde beim Opfer eine Platzwunde am Hinterkopf mit einer Schädelkalottenfraktur, einem intermeningealen Hämatom und Hirnödem festgestellt, sodann eine Stichverletzung im Rücken, welche in mehreren Schnitten – wie die Obduktion ergab – die linke Herzkammer durchstach, eine weitere Stichverletzung in der linken Brustseite, welche
a) den Unterlappen der linken Lunge vollkommen durchstach, wodurch ein Hämatopneumothorax entstand, das heißt Blut- und Luftaustritt im linken Brustraum, und
b) im gleichen Schnitt eine zweite Verletzung entstehen ließ, indem auch die rechte Herzkammer durchdrungen wurde.
Tödlich, so die Folgerung Dr. Pfeiffers, dürfte bereits die Stichverletzung in den Rücken gewesen sein, die der durch den Hammer niedergeschlagenen, aber, nach einer späteren Aussage des Angeklagten, noch wimmernden und um Hilfe schreienden Frau beigebracht wurde. Diese Schnittverletzung führte zum Verbluten in Konkurrenz mit Herzinsuffizienz.
Nach Angaben des Landjägers Breitenmooser machte der Täter bei der Festnahme einen seltsam ruhigen Eindruck. Die Fragen des Untersuchungsrichters be-

antwortete er – laut Protokoll – ruhig und besonnen, gab bereitwillig zu, das Messer am Vortag geschliffen und bereit gelegt zu haben:

– Im Moment der Tat war ich sehr aufgeregt. Ich kann nicht sagen, was ich dachte, ich stieß einfach zu, dabei mußte ich nicht besonders Gewalt anwenden, das Messer war gut geschliffen.

– Was hat Sie dazu gebracht, die Meisterin zu töten?

– Das ist schwer zu sagen, es ist an diesem Tage einfach über mich gekommen.

– Sie haben schon früher daran gedacht, diese Frau zu töten?

– Nicht direkt. Aber ich habe schon immer eine besondere Freude gehabt, im Fleische zu arbeiten und habe manchmal beim Schlachten geholfen.

– Sie haben sich seit langer Zeit mit dem Töten beschäftigt?

– Auch in der Sportgruppe ist häufig vom Töten die Rede gewesen.

– Von bestimmten Menschen?

– Nicht direkt, aber allgemein, vom Krieg und vom Ausmerzen der Schwachen. Das hat mich im Gedanken bestärkt, mich mit Leichen zu beschäftigen. Der Wunsch zu töten hat sich allmählich auf die Meisterin übertragen.

– Können Sie sich erklären, warum?

– Eigentlich nicht, denn ich habe gar nichts gegen sie gehabt, außer daß sie immer diese Juden, ich meine die Levy-Familien, verteidigt hat. Das ist auch in der Sportgruppe oft kritisiert worden. Die Juden hatten im Tal nichts zu suchen.

– Warum haben Sie sich der Sportgruppe überhaupt angeschlossen?
– Ich war immer ein Einzelgänger, ich hatte niemand, mit dem ich sprechen konnte. Als Verdingbub gilt man nichts. In der Sportgruppe wurde ich ernst genommen und durfte sogar einmal mit dem Buchhändler Maus nach Nürnberg reisen, zum Parteitag der Nationalsozialisten.
Der Stiefvater von Alfred Kronig zeigte sich entsetzt und völlig ratlos.
Er stammte aus dem Oberland, war Kleinbauer und hatte selber acht Kinder. Das kleine Bauerngut in Oberthalheim, vier Jucharten Land, drei Kühe, zwei Schweine und 21 Hühner, reichte gerade, mit Ach und Krach, wie er sagte, um die Familie leidlich zu ernähren. Zwei Pachthöfe hatte er wegen hoher Schulden aufgeben und jedesmal sein ganzes Hab und Gut dalassen müssen. Und auch jetzt, gestand er dem Untersuchungsrichter, stehe ihm das Wasser wieder bis zum Hals. Alfred war ein uneheliches Kind seiner Schwester, die als Serviertochter arbeitete, sich immer wieder in unglückliche Männergeschichten verstrickte und nach einem Klinikaufenthalt früh verstarb.
– Wohl Selbstmord, fügte der Alte bei.
Alfred war im Alter von acht Jahren in sein Haus gekommen.
– Wo sollte er sonst hin?
Man hat ihn immer wie ein eigenes Kind behandelt und streng erzogen, da man befürchtete, er könnte von seinem Vater her, der ein rechter Lump gewesen sei, das Kriminelle im Blut haben.

– Nur gut, daß meine Schwester das nicht mehr hat erleben müssen. Sie war eine liebe, aber halt zu naive Frau.

Der Dorfpfarrer beschrieb Alfred Kronig als schüchtern und still, ja als das Urbild des kindlich-treuherzigen Landbuben, der mittelmäßig begabt, aber ordentlich, fleißig und gewissenhaft war und der kirchlichen Unterweisung mit Interesse und Ernsthaftigkeit gefolgt ist.

Einem ehemaligen Lehrer war Alfred als braver Schüler in Erinnerung, unauffällig und fleißig, aber er habe, und hier liege vielleicht ein Grund seiner Verwirrung, schon damals viel Schundliteratur, vor allem Rolf Torring- und John Kling-Hefte gelesen; und einmal habe er wegen unerlaubten Kinobesuchs gebüßt werden müssen. Dafür, so der Lehrer, hat er sich nie etwas aus Mädchen gemacht.

– Er ist überhaupt in der Klasse ein Einzelgänger gewesen.

Ein Turnerkollege von Alfred sagte aus, Alfred habe wohl etwas zuviel Geschlechtstrieb gehabt, er habe ihm nämlich einmal gestanden, er onaniere häufig, aber Frauen sei er nie nachgestrichen. Nur auf die Eva Maria im Sternen warf er ein Auge. Aber die kannte genug andere, da konnte Alfred nicht landen. Ich vermute, sagte der Turnerkollege, daß die häufigen Kinobesuche, meist Kriminalfilme, und das allzu üppige Essen im Haus der Meisterin Alfreds Geschlechtstrieb zusätzlich gereizt und zu Mordgelüsten geführt haben müssen.

Die ebenfalls einvernommenen Mitglieder der Sportgruppe, insbesondere auch der als Obmann geltende Buchhändler Maus, lehnten jede Verbindung mit dem Täter ab und gaben an, daß dieser lediglich einige Male an ihren Versammlungen teilgenommen habe, ohne indes aktives Mitglied zu sein.

Dem Untersuchungsrichter blieb der Fall – laut Protokoll – rätselhaft; er überwies Alfred Kronig zur Begutachtung in die psychiatrische Klinik und bat um die Beantwortung folgender Fragen:
Hat der Täter im Sinne von Paragraph 107 des Kantonalen Straf-Gesetzes das Verbrechen mit Überlegung ausgeführt und sich damit des Mordes schuldig gemacht?
Halten Sie den Täter zur Zeit für gemeingefährlich?

Melzer faltete die handgeschriebenen Seiten zusammen. Er mußte an diese Akte herankommen, koste es, was es wolle.

7

Die Sekretärin auf dem Gerichtsarchiv hielt nichts von Melzers Anliegen.
Die Akten seien unzugänglich, Platzmangel, klagte sie, und vieles sei ohnehin längst vernichtet.
Melzer blieb hartnäckig.
Der Gerichtsarchivar war ein liebenswürdiger Mann, seit Jahren tätig. Mit Kriminalfällen auf vertrautem Fuß, sagte er, aber jedem einfach so Auskunft geben, das könne er nicht.
Melzer wies auf seine juristischen Kenntnisse hin, Studium, gelegentlich Gerichtsreportagen.
Der Mann wurde zutraulicher.
Ja, es sei allerhand, was da in seinen Kellern ruhe, die dunkle Geschichte der Menschheit gewissermaßen, die er verwalte, einige Leckerbissen – vom Kriminalistischen her gesehen – seien durchaus darunter, schließlich seien Gewaltverbrechen kein Vorrecht der Großstadt, auch die Provinz sei durchaus für Morde gut: Giftmorde, Tötungsdelikte mit Rasiermessern, Gartenschläuchen und Mistgabeln – das Ländliche zeige sich auch im Kriminellen.
Er versprach Melzers Anliegen zu prüfen. Akteneinsicht dürfte kaum möglich sein. Doch werde man sehen.
Ein liebenswürdiger Mann, in der Tat.
Melzer nahm für die Fahrt in die Kantonshauptstadt die Straßenbahn.
Fahrt durch das Tal; aus dem Lautsprecher die Namen der Dörfer. Vertraute Namen, doch unvertraut

das Bild, das sie abgaben, kaum noch Bauernhöfe, die Hänge überbaut bis hinauf an die Wälder, viel Beton, wo einst das Grün der Wiesen sich in die Hügel zog.

Der Himmel hatte sich aufgehellt, eine bleiche Novembersonne glitt als glitzernde Scheibe über die braun gefleckten Hügel hin, streute Silberflitter in den Fluß, der hier breit und träge sich durchs offene Wiesland mit den erdigen Böschungen quälte. Blätter stauten sich im Kanal der Schuhriemen- und Litzenfabrik. Die »Litzi« war Mutters erste Arbeitsstelle gewesen, leicht zu erreichen von ihrem Elternhaus, über den schmalen Weg am Fluß entlang, vorbei am Sägewerk, wo die gestapelten Stämme Harzduft verbreiteten und die Nebel sich tief in die Felder duckten.

In der Litzi wurde damals noch gearbeitet, der Lärm der Stanzmaschinen drang durch die geöffneten Fenster in den hellen Tag hinaus. Fast das ganze Dorf habe in der Litzi gearbeitet, sagte Mutter, auch Myrtha und Clarissa. Seidenbänder rollen, verknoten und verpacken, die Arbeit für flinke Mädchenhände.

Jahre später schloß die Litzi ihre Tore; mit Schuhriemen und Seidenbändern war kein Geschäft mehr zu machen. Eine Gruppe für transzendentale Meditation nistete sich im Gebäude ein, eine buddhaähnliche Figur schmückte die Eingangspforte ins Nirwana der leeren Fabrikhallen.

Thalstadt, Beamtenstadt und Einkaufsstadt, von wenigen geliebt, von vielen gehaßt, für ein paar Monate Hauptstadt der helvetischen Republik. Davon zeug-

ten nur noch Aktenbündel, die ebenso vor sich hinmoderten wie der einstige Rebellengeist, der im bürgerlichen Ordnungsstaat seine Zähmung bekam. Während die einst aufständischen bernischen Untertanen sich zu Besitzbürgern mauserten, wurden ihre Freiheitsbäume durch Polizeikanzeln, die Flaggen des Aufstands durch Firmenwimpel und die Wandzeitungen durch Abhörwanzen ersetzt. Statt der geplanten Universität gab es ein neues Polizeihauptquartier. Breite Straßen, viel Verkehr. Sichtbeton und Glas. Wenig Staat und viel Geschäft.
Viel mehr als diese Stadt hatte Mutter von der Welt nicht gesehen. Hier erledigte sie jene Besorgungen, die über den dörflichen Rahmen hinausgingen, Geschenke für die Schwestern, ein Trauerkleid für die Beerdigung, die Einmachgläser, ein neues Brillengestell.
In dieser Stadt hatte sie im Spital gelegen, Kinder zur Welt gebracht und im Krematorium ihre Tochter und ihren Mann einäschern lassen. Ein Kino hatte sie nie besucht.
Der Gerichtsarchivar war wirklich ein freundlicher Mann. Er verschränkte die Hände auf dem Aktenbündel.
Eine interessante Akte, das müsse er sagen, ein Fall aus dem alten CRIMINAL-GERICHT, Kriegszeit, rechtsextreme Querverbindungen, Frontisten und Sportgruppe, interessant und brisant.
Leider lehne der zuständige Staatsanwalt eine Akteneinsicht in diesem Fall ab.
– Nichts zu machen, Persönlichkeitsschutz.

Der Täter sei zwar tot, aber die Angehörigen, falls es solche gebe, wenn Melzer die ausfindig mache und ihre Einwilligung bekomme, dann vielleicht. Doch eher unwahrscheinlich. Das Verbrechen sei längst gesühnt, gelöscht im Strafregister, erledigt, ad acta.
Und die Angehörigen des Opfers? Ob die kein Anrecht hätten?
– Nichts zu machen.
Der Gerichtsarchivar zündete sich eine Zigarette an. Die Frage der Opfer werde heute diskutiert, Victomologie, eine junge Wissenschaft, erst in den Anfängen, werde sich entwickeln, zweifellos. Das Schicksal der Opfer von Gewaltverbrechen sei sicher ein Problem. Ihn interessierten die Täter mehr, dieser Alfred Kronig, schüchtern, still, ein braver junger Mann, siebenundzwanzig Jahre alt, greift zu Sense und Messer und metzelt die Meisterfrau nieder, Stiche, Schnittwunden, Bauchdecke aufgeschlizt, Brüste zerfetzt, Schnittwunden auch im Gesicht und am Hals. Typischer Fall eines psychotischen Schubes, wie das Urteil festhält.
Die Fotos seien auch für einen alten Hasen wie ihn happig, das müsse er sagen.
Der Gerichtsarchivar reichte Melzer ein Foto.
– So ein Täter ist doch ein Faszinosum; keine Erklärung, der Mann nach der Tat ruhig, besonnen, völlig normal, ausgesprochen liebenswürdig, ein Rätsel für die Psychologen, die wohl etwas von schizoider Psychopathie und exzeptioneller Triebhaftigkeit flunkerten und Fanatismus und Gemeingefährlichkeit nicht ausschlossen, aber ohne, wie das in solchen Gutach-

ten immer der Fall ist, etwas Klärendes beizubringen. Vielleicht las dieser Kronig bloß zu viele John Kling-Hefte oder litt am diesem Tag unter ungünstigen Wetterverhältnissen. Vielleicht griff er aus purem Zufall zur Sense, wie ein anderer Lederriemen aus dem Schrank nimmt und seine Kinder durchprügelt oder dem Kanarienvogel den Hals umdreht.
Rätselhaft.
Rätselhaft schien die Tat dem Gericht zu sein. Es zog direkte Schlüsse zu rechtsextremen Kreisen. Die als Sportklub getarnte SS, von Deutschland finanziert. Nationale Wiedergeburt. Größe. Führerstaat. Säuberung des Staates vom jüdischen Parasitentum.
Der Gerichtsarchivar blätterte in den Akten.
Nazifreundliche Gruppen existierten während des Krieges etliche in der Hauptstadt.
– Hitlers Bewegung war ein Phänomen, das auch hierzulande Leute mitgerissen hat.
Mehr wollte der Gerichtsarchivar dazu nicht sagen. Es gab noch Archive und Zeitungen, im übrigen war es wirklich eine schwierige Zeit, mitten im Krieg, die Nazis siegreich an allen Fronten, täglich die Heeresberichte, Unsicherheit, Angst, Panik.
Ein bedrohtes Land.
Vielleicht wurde Kronig bloß ein Opfer seiner Zeit. Der Mann hielt sich im Strafvollzug gut, vorzüglich, wurde vorzeitig entlassen, nie rückfällig, kurz, ein für die Justiz längst erledigter Fall.

8

Die Reise zu Alfred. Ankunft in dem kleinen Juradorf Sonceboz. Drei Schwestern. Verstört, ganz durcheinander standen sie auf dem Perron des kleinen Bahnhofs: wohin jetzt?
Frinvillier – La Heutte – Sonceboz. Myrtha zählte schon in Biel die Stationen auf und berichtete von Ausflügen mit ihrem Mann in die Freiberge, zum Saut du Doubs und auf den Chasseral. Er habe den Jura gern gehabt. Aber ohne ihn – nein, sie war nie mehr hingefahren.
Nicht einmal Clarissa wagte zu spotten, auch ihre Heiterkeit wich einem stillen Nachdenklichsein.
Myrtha wollte gleich wieder umkehren.
– Alfred begegnen.
– Um keinen Preis.
– Nicht zehn Pferde bringen mich in dieses Haus.
Sie beklagte sich bitter, daß man sie zur Reise überredet habe. Auch Helen und Clarissa spürten einen Kloß im Hals – Angst, nichts als Angst, mitten am Tag, diesem hellen Frühsommertag, mild die Luft und rein, heiß schon jetzt am Mittag, ein blauer Himmel über den Hügeln, und Bauern draußen auf den Feldern, tiefgrün die Wiesen, gelb von Löwenzahn und Butterblumen, Schmetterlinge in allen Farben, und das Flirren über den Gleisen, friedlich alles, unbeschwert und leicht, verträumt. Aber ein Zittern ging durch Helens Körper, immer heftiger, ohne daß sie sich wehren konnte. Dunkel wurde alles um sie. Sie musterte Clarissa und Myrtha. Keine äußerte ein

Wort, Myrtha saß auf einer Bank und brütete vor sich hin; Clarissa stakste auf und ab mit kleinen Schritten. Kaum Menschen auf dem Bahnhof zu dieser Zeit, nur der Bahnhofsvorstand, ein großer, etwas fülliger Mann, trat ab und zu aus seinem Büro, maß die Frauen mit sonderbaren Blicken und verschwand wieder, kopfschüttelnd und erstaunt.

Drei alte Frauen, die unschlüssig auf dem Bahnsteig sich hin und her bewegten, wie bestellt und nicht abgeholt, die Reisetaschen neben sich herschleppend; falsch gekleidet für eine Wanderung, zu dünn das Schuhwerk.

Myrtha mit ihrem großen Sommerhut und dem plissierten Faltenjupe, die Jacke über den Arm gelegt, in den Achselhöhlen zeichneten sich Schweißringe ab, die rasch größer wurden. Auch Helen begann die Hitze zu spüren, feucht die Hände, klebrig.

Vergeblich versuchte Helen sich abzulenken, etwas zu tun. Sie fand kein Mittel gegen diese Angst, die wie ein Klumpen drückte und nicht zu verscheuchen war.

Einmal mehr zeigte Clarissa Entschlossenheit.

– Wir können hier nicht Wurzeln schlagen.

Sie sprach mit Bestimmtheit, ja mit leiser Verzweiflung.

– Rufen wir ihn an?

– Oder nehmen wir ein Taxi?

– Auf keinen Fall!

Myrtha begehrte auf und fuchtelte drohend mit dem Stock. Sie wollte mit dem nächsten Zug zurückfahren.

Das Mittagessen im Restaurant war ein Kompromiß.
– Nachher sehen wir weiter.
Clarissa war leicht resigniert.
– Heimfahren können wir immer noch.
Nach dem Essen schlenderten sie durch das Dorf, scheinbar ziellos, in den Tag hinaus, zu den Hügeln hin. Sie ließen das Dorf allmählich hinter sich, bogen in einen schmalen Feldweg ein, der durch Wiesen führte, an Viehweiden und Holzhütten vorbei, der Himmel von grellem Blau, flimmernd das Licht überm Kiefernwald. Langsam bummelten die Schwestern vor sich hin, schweigend, eingewoben in ihr Gespinst von Gedanken und Gefühlen –

1941

Helen ißt mit der Chefin und ihrem Mann zu Mittag. Sie trinken Kaffee, hören Radio: ein Bericht über den Vormarsch der deutschen Truppen in Rußland. Das weiß sie noch genau. Der Mann sagt, jetzt würden die Russen bald am Ende sein, und der Hitler werde in Moskau einziehen.
– Wenn man bloß wüßte, wie das noch endet.
Er holt einen Likör aus dem Schrank und schenkt jedem ein Gläschen ein. Sie stoßen an, lachen, wünschen den Krieg und die Nazis zum Teufel. Der Mann berichtet vom Aktivdienst in der Grenzbrigade, bei der er eingeteilt ist, von der schlechten Ausrüstung in den Bunkern, wo selbst oft die Panzertüren fehlen und Mangel herrscht an Munition und Nahrungsmitteln. Und er erwähnt die Angst und die wachsenden

Zweifel unter den Soldaten, die ständig neuen Gerüchte über den Aufmarsch der Deutschen, die zunehmende Nervosität unter den Offizieren. Immer öfter könne man hören, daß man auf verlorenem Posten kämpfe, gegen Hitler sei nichts auszurichten. Auch habe die Agitation der frontistischen Parteien wieder zugenommen. Offen fordern sie die neidlose Anerkennung der Führungsaufgabe des Deutschen Reiches und den raschen Anschluß der Schweiz. Und sie verlangen, als Voraussetzung für diesen Anschluß, eine Säuberung des Landes durch eine radikale Lösung der Emigranten- und Judenfrage, denn noch herrschten auch hierzulande der sozialdemokratische Marxismus, das Judentum und die Freimaurerei – da klingelt das Telephon, die Chefin eilt in den Korridor, um zu antworten, kehrt ganz verstört zurück und murmelt: Du mußt nach Hause, Helen, deine Mutter – sie zögert – ist überraschend gestorben.

Langsam schritten die Schwestern dahin, Clarissa leicht voraus, Helen unmittelbar hinter ihr, Myrtha etwas zurück.
Sie sahen das Haus von weitem auf einer kleinen Anhöhe, umgeben von Bäumen, zwischen denen die weißen Mauern schimmerten, hell von der Sonne beschienen und mit Schattenmustern der Zweige gesprenkelt, ein hohes Haus, herrschaftlich beinahe.
– Da wohnt er.
Clarissa sagte es ruhig, beiläufig; als sei es die selbstverständlichste Sache der Welt, daß sie die beiden andern hierher geführt hatte.

– Du hast uns hereingelegt.
Myrtha schrie es mit stockender Stimme.
Doch Clarissa ließ sich nicht aus der Ruhe bringen. Wir können immer noch umkehren, stellte sie sachlich fest und nahm Myrtha beim Arm.
Sie blieben stehen, schauten sich an, verblüfft und ratlos.
Sie starrten auf dieses Haus zwischen den Bäumen –

Damals

sieht sie ihn noch, als sie von der Arbeit kommt und nach dem langen Verweilen im Garten endlich in das Haus eintritt. Er sitzt auf einem Stuhl im Korridor, das Gesicht in den Händen verborgen, die Haare zerrauft, er erwidert ihren Gruß nicht, tut so, als habe er sie gar nicht bemerkt, erst viel später versteht sie das sonderbare Verhalten, sie geht an ihm vorbei ins Wohnzimmer, wo die tote Mutter hingebettet ist; mit gefalteten Händen liegt sie da, Menschen, Nachbarn und Verwandte, stehen herum, mit verweinten Gesichtern, der Pfarrer versucht zu besänftigen, zu trösten. Clarissa eilt auf Helen zu, nimmt sie in die Arme –

– Wir können hier nicht stehenbleiben.
Wieder war es Clarissa, die das Zaudern durchbrach.
– Er kann uns ja sehen.
– Kopf oder Zahl?
Sie hatten als Kinder das Spiel oft gespielt, bei jeder Gelegenheit, wo es etwas zu entscheiden gab, Unan-

genehmes zumeist; wer muß das Geschirr spülen, den Hof vom Stroh säubern oder in den Blumenbeeten jäten?
Clarissa obsiegte meistens, Myrtha zog oft den kürzeren, auch bei den Brettspielen.
Sie folgten der aufgeworfenen Münze mit den Augen. Clarissa warf sie hoch in die Luft, lachte kurz auf, als sei sie ihrer Sache gewiß.
Und auf die Zahl fiel die Münze dann auch. Sogar Myrtha akzeptierte das als Schicksalsfügung. Clarissa legte ihre Arme um Helens und Myrthas Schultern. So bogen sie in den schmalen Kiesweg ein.
Mutters Hände lagen auf der Decke, mit dem Zeigefinger ihrer rechten Hand strich sie langsam über die Knöchel ihrer linken Hand. Noch immer trug sie den schmalen rotgoldenen Ehering, der tief ins Fleisch eingegraben lag. Melzer konnte sich nicht erinnern, daß sie ihn je vom Finger entfernt hätte.
Sie hatte ihm von ihrer Verlobung schon früher einmal erzählt. An einem Herbsttag hat diese Verlobung stattgefunden, wenige Monate nach dem Tod ihrer Mutter.

Herbst 41

Die letzten Wochen in diesem Haus, das sie bald darauf verlassen müssen, weil die Mutter, ihren frühen Tod nicht ahnend, es versäumt hat, die Dinge zugunsten ihrer Töchter zu regeln. Ein Testament vermacht das Haus – im Falle eines vorzeitigen Ablebens der Ehefrau – einem von Vaters Brüdern, einem bärbeißigen Mann, der mit Landwirtschaftsartikeln und Pferden Handel treibt, den Bauern nachreist und ihnen Schnürsenkel, Stricke, Eimer, Melkstühle und ähnliches anzudrehen versucht. Der Roßhändler, wie er genannt wurde, der zwei-, dreimal im Jahr auftauchte und sich dann mit seinem Bruder stundenlang in den Kneipen herumtrieb, mußte diesem das Testament in einem Rausch abgerungen haben; vielleicht als Gegenleistung für die kleinen Geldbeträge, die er seinem Bruder manchmal geliehen hatte, damit dieser die anstehenden Rechnungen in seinen Stammkneipen bezahlen konnte. So jedenfalls rechtfertigt sich der Roßhändler den drei jungen Frauen gegenüber, zu deren Vormund er sich obendrein hat bestellen lassen. Wenige Wochen nach der Beerdigung seiner Schwägerin ist der Roßhändler mit diesem Testament aufgetaucht und hat den drei jungen Frauen bis zum Frühling Zeit gegeben, ihre Sachen zu räumen und das Haus zu verlassen.

Verheiratet euch, rät er den Schwestern, allein könnt ihr ohnehin nicht in diesem großen Haus bleiben.

Der Roßhändler will einziehen, hier seine Waren stapeln und einen großen Pferdestall erstellen, er braucht den Platz, will sie nicht länger im Haus dulden.

Mehr als diese Gnadenfrist bis zum Frühjahr räumt der Roßhändler, dessen Testament nicht anzufechten ist, den drei Frauen nicht ein. Schon das preist er als seine Großzügigkeit, für die er Dank erwartet.

9

Melzer erhob sich, machte ein paar Schritte hin zum Fenster. Hart und spitz prasselte der Regen auf die Steinplatten, grausprühend dampfte der naßglänzende Asphalt. Der Himmel lastete wie ein schweres Tuch über der Landschaft.
Geschlossen die Jalousien der Häuser. Melzer zog die Vorhänge zu, drehte sich, musterte den alten Eichenschrank. Schwer, protzig kam er ihm vor in der Ecke des Zimmers. Er fuhr mit der Hand über die feine Maserung des Holzes. Staub hatte sich in den Verzierungen festgesetzt, hellte die Kerben auf, haftete als dünner Flaum an den Fingerspitzen.

Kindheit

Mutter hat ihm manchmal den Staubwedel in die Hand gedrückt und ihn damit über Tische und Truhen, über Stühle und Bänke, Simse und Geländer streichen lassen, als gelte es, mit dem Staub den Teufel zu bannen, der in den Ritzen und Kerben hockte. Jahr für Jahr hat Mutter im Frühling die Möbel in den Garten getragen, das Haus von oben bis unten gefegt und gescheuert, Teppiche und Matratzen ausgeklopft und in der Sonnenwärme die Schimmelspuren austrocknen lassen, den Winterschweiß und den Mottengeruch. Tagelang ist sie mit Schrubber und Staubwedel im Haus umhergetigert, wie von Furien getrieben. Melzer hat jeweils das Weite gesucht, sich länger als sonst auf Spielplätzen herumgetrieben.

Später ist er dann mit schlechtem Gewissen heimgekommen, ihren vorwurfsvollen Blicken ausgewichen und hat zur Bezeugung des guten Willens noch eine Matratze geklopft oder einen Teppich ins Haus getragen.
Melzer wußte, wie sehr Mutter an dem alten Schrank hing. Er war das einzige Möbel, ihre Mitgift, das sie aus ihrem Elternhaus in die Ehe mitgebracht hatte, ein Erbstück ihrer Mutter.
Vater hatte sich oft über das unförmige Ding beklagt, das kaum zu transportieren war. Beim Umzug ins eigene Haus wollte er den Schrank weggeben, weil er den Aufwand fürchtete, den der Transport dieses Monsters, so nannte ihn Vater, kostete. Männer einer speziellen Transportfirma schafften ihn mit einem Flaschenzug durchs Fenster aus dem Haus. Mit einer Drohgebärde präsentierte Vater später die Rechnung und schwor, bei Gelegenheit mit dem Beil dem Ding auf den Leib zu rücken und es als Kleinholz aus dem Haus zu tragen.
Auch zu Hause blieb Vater Kleinhändler, rechnete die Tagesgewinne aus seinem Versandgeschäft zusammen, dem er sich nach seinem Unfall zugewendet hatte. Kleinunternehmer nannte er sich mit dem Stolz des Verzweifelten. Krämer wäre das richtige Wort gewesen – oder Hausierer.
Melzer hatte ihm gegenüber oft geschwankt zwischen Auflehnung und Bedauern und doch immer gewußt, daß alles, was ihn gegen ihn einnahm, nur aus der Bitterkeit unerwiderter Liebe entsprang. Aber keiner hatte es je geschafft, die Mauer zu durchbrechen. Sie

waren sich früh aus dem Weg gegangen. Die Nachricht von seinem frühen Tod hatte Melzer schon im Ausland erreicht.

Mutter blickte damals nur kurz auf, entnahm der Schublade des Sekretärs ein paar Geldscheine und streckte sie Vater wortlos hin. Geld, das sie sich durch Näharbeiten für Nachbarsfrauen zurückgelegt hatte, um ein paar eigene Franken zu haben, die sie für Geschenke verwandte oder womit sie manchmal auch den Kindern etwas zusteckte, wenn sie Süßholzstengel oder Lakritze kaufen wollten.

Geld ausgeben für so ein altes Ding, brummte Vater und steckte die Geldscheine ins Postbüchlein. Mutter wandte sich wieder ihrer Strickarbeit zu.

Der Schrank blieb im Haus.

Eigentlich sei es schwer zu erklären, sagte sie einmal zu Melzer, warum sie an gewissen Dingen, die ihr wie etwas Heiliges vorkämen, so sehr hänge. In einer Schatulle bewahrte sie die silberne Tabakdose ihres Vaters auf, einen kleinen Spiegel, den Griff einer Tür, eine zerbrochene Haarnadel und anderes mehr. Sie zeigte dem Kind manchmal diese Gegenstände und legte dar, was sich für sie mit ihnen verband. Mit übertriebener Behutsamkeit faßte sie die Dinge an und ließ sie durch ihre Hände gleiten, als wären sie von großer Kostbarkeit.

Außer dem Schrank war ihr nichts aus dem Elternhaus geblieben. Alles übrige hatte der Roßhändler für sich behalten. So bestimmte es das Testament, auf dessen buchstabengetreuer Erfüllung er bestand. Das Recht war auf seiner Seite, und wer sich auf das

Recht berufen kann, das lernte sie früh, gegen den ist nichts auszurichten. Ihr Recht und das ihrer Schwestern war in diesen Gesetzen nicht vorgesehen. Auch das war nicht zu ändern. Das würde sie später noch öfter erfahren. Die Bitterkeit, die sie empfand, war die Last, mit der sie zu leben hatte.

10

Verlassen wirkte das Haus, nichts regte sich. Über dem Haus die Hügel, weiche Formen im Blau, von kleinen Wölkchen umfangen.
Die Schwestern auf dem Kiesweg; sie schwankten zwischen Angst und Neugierde.
Langsam wie in Zeitlupe rückte das Haus näher, die weiße Fassade zwischen den Stämmen, nah schon und doch verborgen hinter diesem Schleier von Erinnerungen, die aufstiegen, stärker waren als die Gegenwart –

Clarissa
Myrtha
Helen

Sie tragen knielange Faltenjupes, kurzärmelige Rüschenblusen, die hochgeschlossen um den Nacken liegen, sommersprossig ihre Gesichter. Drei junge Frauen, unbeschwert, neugierig, verträumt vielleicht, als sei das Leben ein Kinderspiel. Manchmal schlendern sie am Abend durch das Dorf, schneiden den Dorfburschen lange Gesichter, lachen. An denen haben sie kein Interesse, zu derb, zu laut sind sie, zu schwerfällig in ihren hohen Schuhen. Hochmütig nennt man die Schwestern, die da lachend, hüpfend durch die Straßen gehn, lebenslustig –

Die drei alten Frauen gingen die letzten Meter untergehakt, Myrtha in der Mitte. Helen und Clarissa stützten sie auf den Stufen, die zum Hauseingang heranführten. Wie im Traum gingen sie, keine sagte ein Wort.
Clarissa drückte den Klingelknopf.
Niemand antwortete.
– Wenn er nicht zu Hause ist.
Clarissa klingelte zum zweiten Mal.
Die Stimme klang wie ein Knistern, zerbrechlich; abgehackt die einzelnen Wörter, kaum vernehmbar die Silben.
Es mochte an der Gegensprechanlage liegen.
Die Schwestern lauschten gespannt. Helen spürte, wie sie zu zittern begann, lehnte sich an Clarissa. Auch Myrtha zitterte.
– Kommt herein.
Er bedauerte, sie nicht persönlich empfangen zu können. Sein Zustand ließ das nicht zu.
– Also ...
Clarissa hatte die Tür schon aufgestoßen. Myrtha war bleich im Gesicht.

Drei Gläser standen auf dem Tischchen zwischen der Polstergruppe. Eine Weinflasche daneben. Ein Krug mit Orangensaft. Ein hoher Raum, Sonne fiel hell durch die breite Fensterfront; auf der Gegenseite, auf halber Höhe, eine Galerie, balkonartig in den Raum springend. Doch niemand war zu sehen.

Eine Standuhr tickte in die Stille. Tastend bewegten die drei Frauen sich vorwärts, blieben stehen. Clarissa stellte sich ans Fenster, zog den Vorhang zur Seite, Helen trat hinter sie, gefolgt von Myrtha, die noch immer zitterte.
– Ich freue mich, daß ihr gekommen seid.
Die scherbelnde Stimme noch gequälter jetzt.
Er bedauerte, so auf Distanz zu ihnen sprechen zu müssen.
Mein Zustand, keuchte er.
Sie sollten sich nicht abschrecken lassen.
Er müsse vorläufig von da oben zu ihnen sprechen, später, wenn das Mädchen wieder da sei, Monika, sein Hausmädchen, es habe noch schnell weggehen müssen, werde er herunterkommen können.
– Bedient euch inzwischen, macht es euch bequem.
Alfreds Stimme.
Alfreds Hände.
Helen stockte.
Sie sahen seine Hände, die sich an die Brüstung klammerten: knochige bleiche Hände.
Myrtha stieß einen Schrei aus, wandte sich zur Tür.
– Nicht weggehen, bitte.
Die Stimme vom Balkon hatte etwas Flehendes, klang verzweifelt.
Clarissa holte Myrtha zurück, füllte die Gläser.
Zum Wohl, sagte die Stimme, auf euer Wohl.
Die Frauen tranken.
Schon nach ein paar Tagen fragte sich Helen, ob diese Reise tatsächlich stattgefunden hatte oder bloß eine fixe Idee war; und all die Bilder Auswüchse der Phan-

tasie einer alten Frau: wie sie in diesem fremden Wohnzimmer um das Clubtischchen saßen, flüsternd, und vom bereitgestellten Weißwein tranken. Selbst Clarissa verlor für einmal ihre gewohnte Sicherheit und Heiterkeit, schaute ratlos drein, verängstigt; und erst Myrtha, sie zitterte am ganzen Körper, konnte kaum das Glas halten, Schweißperlen bildeten sich in ihrem Gesicht. Auch Helen verfluchte jetzt das ganze Reiseunternehmen als etwas Unsinniges.
Eine Falle, so kam es ihr vor.
Erstarrt saßen sie da, der Angst ausgeliefert, und wagten es doch nicht wegzugehen. Sie fürchteten die scherbelnde Stimme, jeden Augenblick konnte sie wieder zu sprechen anfangen, flehend und krächzend.
Deutlich spürten sie Alfreds Nähe, obwohl er nichts mehr sagte, nur sein pfeifendes Atmen war zu hören, ein Röcheln, zeitweilig, das immer wieder in ein schweres Husten überging.
Und wieder die Hände.
Endlich kam das Mädchen, eine freundliche junge Frau. Sie entschuldigte sich, bei der Ankunft nicht dagewesen zu sein.
Ich werde nun alles richten, versprach sie.

Das Mädchen zeigte den Frauen ihre Zimmer.
– Herr Kronig hängt am Sauerstoff.
Ohne Hilfe konnte er das Bett gar nicht verlassen.
– Er hat sie aber ungeduldig erwartet.
Der Besuch schien ihm viel – gar alles zu bedeuten; das Wichtigste, was ihm noch blieb. Seit Tagen hatte

er davon geredet und den Damen entgegengefiebert. Ständig machte er neue Vorschläge, wie der Tag gestaltet werden könnte, nichts durfte fehlen, die Blumen bestellte er selber beim Gärtner.
– Festlich muß es aussehen im Haus.
Ganze Listen füllte er aus, welche Vorkehrungen zu treffen seien für einen angenehmen Aufenthalt der Damen.
– Und dann klappt der Empfang nicht.
Das Mädchen schien untröstlich.
Die Schwestern waren überrascht, mit einer Übernachtung hatten sie nicht gerechnet.
Falls Sie das wünschen, kann ich im Hotel Zimmer für Sie bestellen, sagte das Mädchen. Sie sollten unbesorgt sein, fügte sie an, es werde gewiß noch ein schöner Aufenthalt, der heutige Abend besonders, ein unvergeßlicher Abend, hofften Herr Kronig und sie.
– Er hat nämlich richtig von den Damen geschwärmt.
Die Zeit, die bis zum Essen blieb, nutzten die Schwestern, um sich ein wenig auszuruhen. Kein Schlaf –

Die Nacht, die nicht endet. Totenwache. So ist es Brauch im Dorf. Die Schwestern sitzen im Dunkeln des Zimmers, dem Sarg den Rücken zugewandt, eine Kerze flackert unruhig in der Zugluft. Nachbarn kommen vorbei, um am Sarg der Toten zu beten und den Schwestern Trost zuzusprechen. Zischelnde und flüsternde Stimmen im Haus und auf der Straße. Das ganze Dorf ist auf den Beinen, so etwas Entsetzliches hat man noch nie erlebt. Die Schwestern drücken immer neue Hände, lauschen dem Singsang der Gebete, Choräle, Litaneien, der Pfarrer spricht sie mit den Trauernden. Den Schwestern wird eng von so vielen Gebeten, sie stellen die Blumen in die Vasen, danken und wünschen doch nichts als zu schlafen –

Als das Mädchen an die Tür klopfte, erschrak Helen. Sie rappelte sich auf und strich sich vor dem Spiegel das Haar ein wenig zurecht.
Sie betrat das Eßzimmer.
Ein weiß gedeckter Tisch und überall Kerzen: ein großer Leuchter in der Mitte, einzelne Kerzen auf Simsen und Kommoden. Verwundert blieb Helen stehen, benommen und seltsam berührt – der weiß gedeckte Tisch, die Beerdigung der Mutter. Keine der Schwestern will ein Leichenmahl, aber der Roßhändler besteht darauf. Er sieht sich als der neue Herr im Haus und will sich als Vormund der Mädchen präsentieren. Der Speisesaal im Sternen ist reserviert und aufwendig geschmückt.
Man soll sich nicht lumpen lassen.
Gerade bei einem Leichenmahl.
Ehrendes Andenken.
Eine würdige Feier.
Ein stattliches Begräbnis.
Der Roßhändler liebt solche Worte.
Verwandte und Bekannte hat er persönlich eingeladen, sein Platz zwischen Gemeindepräsident und Pfarrer ist reserviert, der Roßhändler beweist Schlauheit – es geht um Mädchen und Pferde, um Fürsorge und Baugenehmigung.

Helen, Clarissa und Myrtha sitzen den Männern gegenüber und sehen ihnen schweigend zu. Der Roßhändler unterläßt es nicht, sich immer an sie zu wenden, väterlich besorgt, ihnen zuzureden, sie aufzumuntern mit einem Satz oder einer Geste. Und er wird nicht müde, dem Gemeindepräsidenten und dem Pfarrer gegenüber, das schwere Leid der Mädchen zu beklagen und zu betonen, wie sehr er seinem verstorbenen Bruder und der nun auch viel zu früh dahingegangenen Schwägerin zugesichert hat, sich der Mädchen anzunehmen.
– Ich will für sie sorgen, damit sie den Weg im Leben finden.
Der Roßhändler hat sein Wort gegeben. Er will sein Versprechen halten. Und was diesen Alfred betrifft, diesem Burschen hat er nie über den Weg getraut. Das hat er der Schwägerin auch gesagt, mehrmals. Leider vergeblich.
– Sie war halt zu gutmütig, zu naiv.
Arbeiten hat sie können, betont der Roßhändler, ein tüchtiges Frauenzimmer, unermüdlich und rastlos. Hoffentlich haben die drei Mädchen, die nun Waisen sind, auch ein Teil davon mitbekommen.
– Kronig, ja, eben ein zwielichtiger Bursche.
Zugezogen, unehelich, da hat ein Vater gefehlt, eine züchtigende Hand. Man hat ihm das Verschlagene an den Augen ablesen können, wenn man den Kopf nicht in den Sand steckte wie die Verstorbene. Sie hat ihn verwöhnt, verhätschelt, und das ist bekanntlich nie gut. Ein klarer Fall von Verwahrlosung und Gemeingefährlichkeit. Sollen die auf dem Gericht sagen,

was sie wollen, alles wird heutzutage entschuldigt, so einer gehört eingelocht, lebenslänglich. Ein Spitzbube, der zu allem fähig ist. Von mildernden Umständen soll ihm da keiner reden. Kronig soll für das büßen, was er getan hat, bis ans Ende seiner Tage –

Verwirrt blickte Helen eine Zeitlang auf den gedeckten Tisch, und nur langsam löste sich ihre Benommenheit.

Und erst jetzt sah sie Alfred Kronig.

Kein Wort wurde gesprochen, nur aus der Küche hörte man das Klappern von Töpfen, das Brutzeln in der Bratpfanne.

Und von neuem spürte Helen diese Betäubung, eine Unfähigkeit, etwas zu sagen oder zu denken.

In diesem Augenblick traten Clarissa und Myrtha aus ihren Zimmern und blieben ebenfalls stehen, nah bei Helen. Zu dritt starrten sie auf den Tisch, die Hände, das Gesicht.

Myrtha stützte sich auf Clarissa.

– Setzt euch doch, bitte.

Alfreds Worte aus dem Halbdunkel ließen die Schwestern zusammenzucken. Sie schauten sich gegenseitig an, dann auf Alfreds Gesicht, scheu und zaghaft, in gespannter Erwartung. Langsam gingen sie auf ihn zu, Clarissa voraus, gefolgt von Myrtha, sie zitterten noch immer und verharrten stumm. In der Tür stand das Mädchen, die Hände in den Taschen der weißen Schürze, beobachtete es aufmerksam die Szene, eine Spannung schien auch in ihrem Gesicht zu sein,

ein Bangen oder Staunen. Alfreds Hände klammerten sich an die Tischkante, sein Gesicht war verschattet, die Züge verwischt. Im Näherkommen entdeckten die Schwestern den dünnen Plastikschlauch, der von seiner Nase schräg über das Gesicht lief und unterhalb des Nackens sich in seiner Jacke verlor. Unter dem Stuhl kam er wieder zum Vorschein und führte quer über den Teppich. Sie hörten seinen Atem, ein stoßweises Hecheln, pfeifend und gurgelnd.

– Schön, daß ihr da seid.
Blechern klang die Stimme, gepreßt, die einzelnen Laute von kleinen Pausen durchbrochen. Helen gewahrte, wie er Clarissa die Hand hinstreckte, langsam hob sie sich vom Tisch, eine knochige Hand – sie sah, wie Clarissa sie zaghaft ergriff.
– Grüß dich.
Clarissa trat rasch zur Seite.
Myrtha schlug die Hand aus und stellte sich hinter Clarissa. Für Sekunden schwebte Alfreds Hand in der Luft, bis er sie leicht zurückzog und dann Helen hinstreckte.

Knochige Finger klammerten sich um Helens Knöchel. Sie spürte den Druck, sah auf ihre Hände, dann in Alfreds Gesicht, eine rötlich gefleckte Haut, die Wangen eingefallen, die dünnen Lippen blutleer, bläulich. Müd kam ihr das Gesicht vor, die Augen glanzlos, trüb.
Mühsam hielt Alfred sich aufrecht, versuchte ein Lächeln, das sich in den Mundwinkeln verlor.

Grüß dich, stotterte Helen, ließ rasch seine Hand los, und verharrte unschlüssig, zaudernd.

Das Mädchen eilte herbei, wies den Damen die Plätze an und füllte die Weingläser.
– Ich bringe gleich die Vorspeise.
Alfred hob das Glas, guckte die Frauen der Reihe nach an.
– Prost, und danke, daß ihr gekommen seid, ich freue mich sehr.
Die Schwestern stierten in die Kerzen, hörten Alfreds Röcheln, die Geräusche aus der Küche, sie rückten auf den Stühlen hin und her.

War das überhaupt der Mann, den sie damals kannten.

Melzer dachte an die vielen Kriegsverbrecherprozesse, mit denen er sich eine Zeitlang beschäftigt hatte.
Gerade in diesen Tagen berichteten die Zeitungen von einem der letzten dieser Prozesse, gegen einen Ukrainer, der für den Betrieb der Gaskammer von Treblinka verantwortlich gewesen sein soll. Zeugen beschuldigten ihn, er habe Köpfe gespalten, Ohren abgeschnitten, Augen ausgestochen, schwangere Frauen aufgeschlitzt und Häftlinge mit dem Bajonett in die Gaskammern getrieben.
Doch der Angeklagte leugnete alles, auch die ihm unterstellte Identität, und provozierte damit die Zeugen zu Wutausbrüchen.

Es war sonderbar, sagte Mutter in Melzers Gedankengang hinein, als ich ihm so gegenübersaß, veränderten sich die Bilder von damals –

Der Gang auf das Haus zu, in dem die tote Mutter liegt, die Tage der Trauer, das Begräbnis, der beinahe endlose Menschenzug hinauf zum Friedhof, das Auftreten des Roßhändlers, die Befragung durch die Polizisten.
Aber all diese Bilder ließen sich nicht mehr mit dem Mann verbinden, der nun mit ihnen am Tisch saß, als sei er ein Fremder, den sie nie gesehen, mit dem sie nichts zu schaffen hatten.

Die Schwestern sahen einander ein, fragend, als suche die eine Hilfe bei der anderen; und doch fand keine ein Wort, das ihr Schweigen gebrochen hätte, sie nippten am Wein, strichen die Servietten glatt, folgten den Sauerstofftropfen in Alfreds Schlauch, hörten das gurgelnde Geräusch, mit dem er sie durch die Nase einsog. Und Alfred, als wolle er das peinliche Geräusch übertönen, begann die Speisekarte herunterzulesen.
– Damit ihr wißt, was euch bevorsteht.
Er versuchte ein Lachen.
Prost, sagte er nochmals, für den Hauptgang habe ich einen Roten aus dem Bordeaux ausgesucht.

REVE D'AVOCADO AUX SHRIMPS

Das Mädchen trug auf.
Dankbar griffen sie zu Messer und Gabel.

Er wisse, begann Alfred nach einer Weile, es sei schwierig, nach so langer Zeit noch einmal zu einem Gespräch zu finden.
– Ich will nicht in alten Wunden stochern.
Er hat die Schwestern noch einmal sehen wollen. Nach dem Tod seiner Frau ist dieser Wunsch stark geworden. Deshalb hat er sich entschlossen, ihnen zu schreiben.
– Und jetzt, da ihr vor mir sitzt, weiß ich nicht, wie anfangen.
Er selbst hat wohl die Situation falsch eingeschätzt. Genau wie die drei Frauen auch. Helen empfand das für einen Augenblick als tröstlich. Zudem schmeckten die Crevetten ausgezeichnet, sogar Myrtha schien sie zu genießen. Ihr Gesicht hellte sich auf, war entspannt, und als sie den letzten Rest der weißen Sauce wegputzte und mit Brot den Teller sauber wischte, glänzten ihre Augen.
Auch Alfred wirkte gelöster.
Das Mädchen brachte den nächsten Gang, schob auf dem Servierboy Schüsseln und Teller heran.

TRUITE AU BLEU POMMES DE TERRE AUX FINES HERBES

Alfred schlug vor, noch bei dem spritzigen Weißwein aus dem Mâconnais zu bleiben.
– Bist du Weinkenner?
Es war Clarissa, die als erste das Wort an Alfred rich-

tete. Der war darüber so verblüfft, daß er erst gar nicht antwortete, leicht hustete und sich mit der Serviette über den Mund wischte.
Nein, ein besonderer Weinkenner ist er nicht, keiner von denen jedenfalls, die aus dem Weintrinken eine Wissenschaft machen und zu jedem Glas einen Sermon halten. Bloß ein paar Flaschen hat er sich in den letzten Jahren angeschafft, das schon. Er ist auch hin und wieder auf Weinexpeditionen gewesen. Zusammen mit seiner Frau.
– Essen und Trinken.
Das ist immer wichtiger geworden für ihn. Besonders seit er sich nicht mehr fortbewegen kann. Er ist nicht einmal mehr zu einem Spaziergang in der Lage. Ins Dorf, auf die benachbarten Hügel.
– Dabei waren die letzten Jahre doch gut.
– Im Gegensatz zu früheren Zeiten.

Diese letzten Worte betonte Alfred eigentümlich, so schien es Helen, mit einem gewissen, wenn auch unaufdringlichen Nachdruck.
Ich bin froh gewesen über diese letzten Jahre, sagte Alfred.
Er hat sich zurückgezogen, Abkehr von der Hektik, die er zeit seines Lebens spürte, auch schon damals, als er noch im Haus der Schwestern wohnte, ein unablässiges Getriebensein ohne Ziel. Er hat es manchmal wie einen Fluch empfunden. Erst in diesen letzten Jahren, hier im Haus mit seiner Frau, hat sich das etwas gelegt. Vielleicht auch wegen der Krankheit, die rasch seinen Körper geschwächt und seine Bewe-

gungsfähigkeit eingeschränkt hat. Er konnte die Landschaft draußen betrachten, die Hügel, er liebte diese Juralandschaft mit ihrer trockenen Hitze, sie hat ihn schon immer fasziniert: einsame Gehöfte, Schaf- und Ziegenherden auf steinigen Wiesen, schüttere Wälder, Moore, eine stille, verlassene Gegend, kalt und grau in Herbst und Winter. Geeignet für einen, der innere Ruhe finden wollte. Kaum eine Ablenkung, nur Spaziergänge, durch diese Hügellandschaft, in der jeder Laut auffällt. Tagelang war er unterwegs, als er sich noch fortbewegen konnte, schritt all die Wege ab, über die Chasseralkette, den Spitzberg und den Twannberg, durch die Rebhänge hinunter zum See, an dessen Ufer er oft verweilte und den Möwen und Reihern zusah, die über der Insel kreisten, Rousseaus Insel.

Später, als ihm das Gehen schwerer gefallen ist, hat er auch zu lesen angefangen, was er früher nie oder nur selten getan hat. Alle möglichen Bücher: Biographien vor allem, und auch Romane. Überhaupt sind diese späten Jahre, auch wenn sie Jahre der Krankheit sind, zu seinem eigentlichen Leben geworden.

– Im Gegensatz zu früheren Zeiten.

– Was willst du damit sagen?

Später staunte Helen selber darüber und konnte nicht mehr sagen, warum sie sich in diesem Moment nicht beherrscht hatte. Die Frage plumpste über ihre Lippen auf den Tisch, schien dort aufzuschlagen wie eine Murmel auf einer Marmorplatte. Sie wagte es nicht, die anderen anzublicken, fixierte ihren Teller, trennte mit dem Messer das letzte Fleisch des Fisches von den

Gräten, glaubte zu spüren, wie alle sie anstarrten, schaute zögernd auf, sah an allen vorbei und spähte nach der Küchentür, ob nicht das Mädchen wiederkomme. Dabei kreuzten sich für Sekundenbruchteile ihre und Alfreds Augen. Rasch ergriff Alfred das Glas, lehnte sich leicht im Stuhl zurück, trank und rief, das Glas noch in den Händen haltend, nach dem Mädchen. Gleich, tönte es aus der Küche. Alfred trank, stellte das Glas langsam auf den Tisch zurück.

Von früher reden, begann Alfred, das falle ihm noch immer schwer.

Lange Zeit hat er versucht, einfach zu vergessen, nicht mehr daran zu rühren und aus dem Augenblick heraus zu leben.
Noch einmal zu beginnen, ein zweites Leben in der Stunde Null, nach der Entlassung.

Er stand draußen nach Jahren, ohne Aufsicht, frei. Er schaute in die Sonne und begriff nicht, wo er war. Zögernd machte er ein paar Schritte, verweilte vor der Auslage eines Geschäftes. Ihm war, er stünde zum ersten Mal vor einem Schaufenster. Mit Verwunderung betrachtete er all die Gegenstände, Sachen für Reise und Urlaub, Rucksäcke, Reisetaschen, Gaskocher, Jacken, Schuhe. Farben und Formen, die er noch nie gesehen hatte, auch neuartig eingepackte Nahrungsmittel, die wohl als Proviant hätten verwendet werden können, Fleisch in fremdartig geformten Dosen, dann diese vielen amerikanischen Kaugummisorten, die er vor dem Krieg nicht gekannt hatte, und schließlich, was ihn am stärksten beeindruckte, die Cola-Flaschen.

Staunend habe er sich all das angesehen und wirklich das Gefühl gehabt, er komme zum zweiten Mal auf die Welt.

LE FILET »MONIQUE« A LA CREME. RIZ NU. SALADE MELEE

Richtig geschwitzt hat das Mädchen, aber lachend stand es vor seinen Töpfen.
Und dazu einen Roten, CHÂTEAU LYNCH-MOUSSAS aus dem Pauillac, Jahrgang 73, fügte Alfred bei. In jenem Jahr sei der Eintrag im Strafregister gelöscht und damit die Akte vernichtet worden.
Das Mädchen schenkte ein.
Stoßt an, ermunterte es lächelnd die Schwestern, ich werde einstweilen schöpfen.
Sie ergriffen zögernd die Gläser und hielten sie etwas unschlüssig vor ihren Gesichtern.

Prost, rief das Mädchen.
Es hatte das Zögern bemerkt.
Prost, näselte Alfred.
Er stieß sein Glas mit dem Clarissas zusammen.
Prost, antwortete Clarissa.
Schließlich stießen auch Myrtha und Helen mit Alfred an. Ein eigenartiges Gefühl, als Helen Alfred an-

sah, dieser kurze Blick in seine Augen, und dann dieser leise helle Klang, als ihre Gläser sich berührten und sie rasch ihren Blick senkte.
Guten Appetit, wünschte das Mädchen und setzte sich ebenfalls an den Tisch.
Wenn ich Monika nicht hätte, warf Alfred ein.
Halb so schlimm, entgegnete das Mädchen und betonte, wie sehr ihr die Arbeit im Haus gefalle.
Sie war froh, eine Beschäftigung im Dorf gefunden zu haben und nicht in der Stadt arbeiten zu müssen. Herr Kronig sei ein sehr großzügiger Arbeitgeber – sofern das Wort hier überhaupt angebracht sei –, jedenfalls einer, der ihr viele Freiheiten lasse.
Ist schon gut, wertete Alfred das Lob des Mädchens ab. Er lächelte ihr zu.
Und nun wolle man essen, er wünsche auch für diesen Hauptgang guten Appetit, es bleibe danach noch genug Zeit zum Reden.
Kaum hatte das Mädchen die leeren Teller abgetragen und Wein nachgeschenkt, fing Alfred wieder zu sprechen an, langsam und bedächtig mit seiner schleppenden Stimme.
– Es ist mir wichtig, daß ihr nicht glaubt, ich hätte das damals Vorgefallene eines Tages vergessen und sei zur Tagesordnung übergegangen. So einfach ist das nicht.

Zuerst gewiß, im Gefängnis und nach seiner Entlassung, hat er einfach vergessen wollen, nie mehr zurückdenken an das Vergangene.
Vergeblich.

Zu einem früheren Zeitpunkt, besonders nach der Entlassung, aber auch noch später, wäre ihm eine Begegnung mit ihnen gar nicht möglich gewesen.
Alfred machte eine kurze Pause, holte Atem, seine Hände umklammerten die Lehne des Rollstuhles.
Schwer ist es ihm nach der Entlassung gefallen, ohne daß er das jetzt dramatisieren wolle, wieder Boden unter die Füße zu bekommen.
Boden unter die Füße.
Wie oft man diesen Satz doch hören kann, aber wer weiß schon, was es heißt, wenn man wirklich den Boden unter den Füßen verloren hat, einfach in der Luft hängt, im Nichts, keinen Ort hat, wo man hingehen, keinen Menschen, an den man sich wenden kann.
Freunde hat er nie gehabt, Eltern auch nicht, die Stiefeltern hatten genug eigene Sorgen.
– Ich war wirklich sehr allein.

Rastlosigkeit, unablässiges Getriebensein. Das ist wieder in ihm aufgebrochen. Als brodelte Unrast in seinem Blut.
– Wohin sich wenden?
Das hat er sich oft gefragt.
Könnt ihr euch vorstellen, wandte er sich an die Schwestern, daß man auch nur einen Augenblick des Lebens ruhig und heiter sein kann, wenn man sich eines einmal in jugendlicher Verwirrung begangenen Verbrechens bewußt ist?
Wieder machte Alfred eine lange Pause.
Niemand könne es, vermute er.

– Ein Neuanfang ist schwer.
Für eine nur einigermaßen interessante Arbeit brauche man halt andere Referenzen als ein paar Jahre Aufenthalt hinter schwedischen Gardinen, das dürfte wohl klar sein.
Absagen, nichts als Absagen hat er bekommen, die meisten ohne Angabe von Gründen, aber auch solche, in denen das Bedauern ausgedrückt und die Versicherung gegeben wurde, man habe keineswegs Vorurteile, aber man halte es – durchaus in seinem Interesse – doch für besser, wenn er einen andern Platz finde, wo er sich besser integrieren könne.
Nach solchen Absagen ist er erst recht verunsichert gewesen.
Wohin sich wenden?
Hat er irgendwo einmal ein bißchen Fuß gefaßt, ist er bald wieder weitergezogen, aus bloßer Angst, man könnte ihn nach seiner Vergangenheit fragen oder diese unerwartet entdecken.
– Solche Zufälle gibt es ja immer.
Wenn er damals nicht seine Frau kennengelernt hätte. Er weiß nicht, was aus ihm geworden wäre. Seine Frau hat ihn nicht nur mit seiner Vergangenheit akzeptiert, sondern ihm auch geholfen, sie anzunehmen.
– Es ist schwierig, auch jetzt noch, nach all den Jahren.
Wieder fixierte er die Schwestern.
Aber er finde, gar nichts darüber zu sagen, wäre noch schlimmer.

Wieder schaute er die Schwestern an, eine nach der andern.
Was hätten sie sagen sollen?
Myrtha und Helen blickten hilfesuchend auf Clarissa, sie forderte Alfred auf, nur fortzufahren, es habe nun keinen Sinn mehr auszuweichen.
Alfred nickte.
Ihn dünke es, wenn er an die Zeit vor vierzig Jahren zurückdenke, nicht nur, er sei ein ganz anderer Mensch gewesen, einer, den er auch jetzt, so sehr er sich mit der Vergangenheit beschäftigt habe, gar nicht mehr wiedererkennen könne. Es sei auch eine ganz andere Zeit gewesen, die einen wie ihn erst recht haltlos gemacht habe.
Der Krieg.
Die neue Ordnung in Europa: auch hierzulande hat man es spüren können; und manch einer, der sich im nachhinein so patriotisch gab, hatte sich doch im Krieg auf eine nationalsozialistische Schweiz eingestellt, oder er ist zumindest richtungslos gewesen, hat nicht mehr gewußt, was er glauben soll. Auf ihn, der von klein auf ohnehin nie wußte, was er glauben und wohin er sich wenden sollte, haben all diese Vorgänge in Europa und in der Schweiz verunsichernd gewirkt, obwohl er sich das vielleicht nie hat anmerken lassen.
Aber diesen Umständen ist es zuzuschreiben gewesen, daß er sich jenem Zirkel um den Buchhändler Maus angeschlossen und sich von ihm hat beeinflussen lassen.
Alfred machte eine Pause.

Leichtgläubig will er damals gewesen sein, hat sich beeindrucken lassen von diesem Buchhändler Maus, der ihnen die neue Lehre aus Deutschland nähergebracht hat. Eine Bewegung, die bald ganz Europa erfassen und verändern werde, die wieder ansetze in den Urtiefen des menschlichen Wesens.
Das hat ihm Eindruck gemacht, dieser unbedingte Glaube an die Stärke des einzelnen, an echte Männlichkeit, die sich im Kampf bewährt und bedingungslos dem Führer folgt.
Ja, das habe ihm damals imponiert. Damals.
Alfred schwieg, hob leicht den Kopf, ohne die Frauen anzusehen.
Man hat ihn ernst genommen, er hat etwas gegolten in der Runde um Maus und ist endlich jemand gewesen, nicht mehr nur der kleine Verdingbub, der sich als Knechtlein abschuften muß.
Leichtgläubig ja, naiv vielleicht und dumm.
Nur so kann er sich erklären, wenn es sich überhaupt erklären läßt, daß er damals gegen die Juden vorgegangen ist, gegen die Levy-Familien. Der Maus hat es geplant, hat von der Notwendigkeit gesprochen –

Auch die Levy-Familien?
Wie ein Schrei platzte Helen die Bemerkung heraus.

Alfred schluckte leer, senkte das Gesicht.
– Ja, auch die.
Langsam kamen die Worte über seine Lippen, er suchte das Mädchen, schlug dann die Augen nieder.

Auch die, flüsterte Alfred noch einmal, als müsse er es sich selber bestätigen.
In diesem Augenblick zuckte etwas in Helen zusammen. Wie in einen Nebel gehüllt saß sie fortan da, zitterte, nahm die Gestalten am Tisch nur noch verschwommen wahr, die Stimmen wie von fern, ein Gemauschel und Gesäusel.

Simon Levy, der Katzenhubler.
Behutsam sprach die Mutter die Worte aus, schwieg. Wie Stiche, setzte sie zögernd wieder an, gingen die Worte durch mein Inneres, lösten einen Wirbel aus.
Simon Levy, der Katzenhubler.
Immerzu diese Worte.

Sie solle essen.
Clarissa stand hinter ihr, legte ihre Arme um sie. Langsam, wie aus einem Traum erwachend, versuchte Helen zu sich zu kommen, starrte auf den Tisch, auf das Mädchen, merkte, wie alle stumm sie musterten. Nur Alfred hielt das Gesicht gesenkt.
Ob sie sich hinlegen wolle?
Besorgt tönte Clarissas Stimme.
Helen schüttelte nur den Kopf.

Es sei nicht seine Absicht, sich herauszureden. Das habe er nicht gewollt.
Alfred streckte seine Hände beinah flehend nach den Schwestern aus.

Er wollte die Schuld nicht bei Maus und all den andern, nicht bei den Zeitumständen suchen, aber diese gehörten dazu, bildeten die Kulisse, vor der sich das Unheil abspielte. Nur deshalb erwähnte er sie, auch die Katzenhublergeschichte.

– Ich bin zur falschen Zeit geboren.

Es war, als wäge Alfred die Worte ab, traute ihnen nicht.

Glaubt mir doch, flehte er die Schwestern an.

Er mußte einsehen, es gab keine Rückkehr in jenes erste Leben.

Der Spätsommertag im Krieg.

Er hat ihn mit seinen Gedanken umkreist, in der Hoffnung, jenen Punkt zu finden, der einen Einblick in die Wirrnisse zu geben vermöchte. Und doch, wie sehr er sich auch bemüht hat, in langen Stunden, Tagen und Wochen, er hat kein zusammenhängendes Bild mehr finden können, eine Art Dunst, anders könne er es nicht sagen, liege über diesem Tag, aus dem nur ganz wenige Einzelheiten als präzise Eindrücke herausragten –

Er trank mit der Meisterin an diesem Tag noch Tee, sie klagte über den Roßhändler, auch reparierte er den Wasserhahn im Stall, fuhr mit dem Fahrrad in die Schmitte wegen eines Pferdes. Auf dem Weg wurde er von einem Traktor gestreift, fiel mit dem Rad auf den Gehsteig, Schürfwunden, nicht schlimm, aber er ärgerte sich, der Schmied lachte ihn aus, spöttelte über untaugliche Radfahrer. Am frühen Nachmittag kehrte er zurück, wusch sich die Wunden aus, die

Meisterin war allein im Haus, er hörte sie im Keller hantieren, er öffnete die Tür, stieg die Treppe hinunter –

Er konnte die Einzelheiten nicht mehr miteinander in Verbindung bringen, als wäre er im Fieber, in einer Art Trance durch diesen Tag getaumelt.

Etwas an seiner Art des Erzählens störte Helen, brachte sie gegen Alfred auf, vielleicht war es auch bloß die Tatsache, daß er auf die Levy-Familien mit keinem Wort mehr einging, als wäre das abgehakt und damit erledigt: Simon Levy durchgestrichen.
Vom Entsetzlichen sprach Alfred nun, das er sich nicht erklären könne, auch jetzt nicht, aus der Distanz.
Ihm ist später gewesen, wie wenn etwas in ihm gehandelt hat, etwas Fremdes, über das er keine Kontrolle hatte. Als wäre er von einem bösen Geist besessen gewesen. Das ist keine Floskel; er kann es nicht anders sagen. Schon damals vor Gericht hat er nichts Klärendes äußern können, hat auf viele Fragen geschwiegen. Das hat man ihm als Verstocktheit ausgelegt, als Uneinsichtigkeit, was strafverschärfend gewirkt hat: Mord. Immer wieder sprach der Staatsanwalt dieses Wort aus, kaltblütiger Mord.
– Aber ich will mich jetzt nicht beklagen.
Alfred wirkte plötzlich unruhig, seine Bewegungen fahrig, unkontrolliert.

Es tut ihm leid.
Das betonte er.
Alfred schwieg und fiel dann, mit einem Anflug von Verzweiflung, so kam es Helen vor, mit Heftigkeit ein, als wollte er das Schweigen gewaltsam zerschlagen, zerbrechen diese Glocke aus Glas, die um die Frauen gelegt schien.
– Wißt ihr, wie einem zumute ist, der mit solchen Erinnerungen zu leben hat. All die Tage und Nächte und Wochen. Monate und Jahre. Mit diesen schrecklichen Gefühlen, Träumen und Alpträumen, die nie aufhören, die immer wiederkehren, unentwegt.
Alfred hielt inne, als wäre er durch die Heftigkeit seiner Worte selber erschrocken. Doch rasch sprach er wieder gegen das Schweigen an: einer, der kämpfte.
Ja, die Tat hat immer auf ihm gelastet, bis in diese späten Jahre, bis zum heutigen Tag. Vielleicht ist daraus der Wunsch entstanden, die Schwestern noch einmal zu sehen, sie zu bitten, ihm zu verzeihen.
– Ich kann mir das jetzt nicht mehr anhören, will es auch nicht.
Die Mutter verlieren, auf so entsetzliche Art und Weise, und dann auf der Straße stehen, betrogen um die besten Jahre und damit betrogen um das Leben.
– Weißt du, was das heißt?
Geschrien hat Myrtha diese Worte.
Worte, die wie Messer in diese Runde stießen, sie ließen Helen zusammenzucken, auch Myrtha, die ihre zitternden Hände vor das Gesicht hielt. Alfred schien erst fassungslos und dann einzuknicken, sein Gesicht fahl, mit weit aufgerissenen Augen.

Clarissa legte ihre Arme um Myrthas zitternden Körper und hielt sie fest.
Helen starrte auf die Tischplatte, sah all die Gegenstände vor ihren Augen verschwimmen, wie hinter regennassem Glas, und sie spürte die Tränen –

Sie stößt die Haustür auf und betritt den dämmrigen Korridor. Das Haus riecht nach Kampfer und Mottenkugeln, nach Bratenduft, Heu und trockenem Holz. Sie bemerkt Alfred auf dem Stuhl im Korridor, den Oberkörper leicht nach vorn geneigt, das Gesicht in den Händen vergraben, reglos, sie staunt über seine bloßen Füße, die verkrampft aneinander gepreßt sind, schmutzig die Knöchel.
Sie bleibt vor ihm stehen, grüßt. Er sieht nicht auf, preßt die Hände noch heftiger in sein Gesicht.
– Alfred.
Sie flüstert das Wort, wendet sich ab, geht ins Wohnzimmer, nähert sich Clarissas verweintem Gesicht, fällt in ihre Arme, überläßt sich den Tränen, sieht über die Schulter hinweg die hochgebettete Mutter, ihre gefalteten Hände, die geklöppelten Spitzen am Ende des Ärmels, ihr Gesicht, wie in Schlaf versunken, gelöst; auf den Wangen die feinen Blutäderchen, über die sie sich immer so geschämt hatte, das dunkle, von grauen Strähnen durchzogene Haar, aufgeknotet wie immer. Und Bilder, die sekundenschnell vorüberziehen: Mutter, wie sie die Kinder jeweils ans Gartentor geleitet hatte, wenn sie zur Schule mußten, wie sie nachts vor dem Einschlafen an ihr Bett trat, eine Tasse Tee brachte, Früchte aus dem Garten oder

selbstgebackene Brezeln, und wie sie immer eine Geschichte zu erzählen anfing, sie immer weiterspann, mit immer neuen Episoden ausschmückte, bis die Kinder von selbst in Schlaf fielen. Mutter, die sie auf tausend Wegen hinausführte aus dem Dorf, den Fluß aufwärts mit seinen erdigen Böschungen und hohen Pappelreihen, die Kornfelder entlang, wo der rote Klatschmohn blühte, hinauf auf die Hügel, die mit weichen Rundungen das Tal säumten und mit fliehenden Dunstschleiern den Bergen zustrebten.

Schleier von Tränen über der nun leblos daliegenden Gestalt, auf deren gefalteten Händen die Sonne liegt, die durch die gestriemten Scheiben fällt und helle Flecken auf Bett und Teppich bildet. Dies Stimmengeflüster im Zimmer, auf- und abschwellend, ein Seufzen und Schluchzen, draußen der Garten, ein Gewirr von Grün, fleckig verwischt im Gegenlicht. Clarissas Hände, die sie festhalten, und immer wieder die Blicke auf die tote Mutter, flüchtig und ängstlich –

Und langsam lösten sich aus den Tränen die Gestalten. Clarissa, die Myrtha umklammert hielt, Alfred, vornübergesunken, die Augen geschlossen; und entfernt, am Ende des Raumes, das Mädchen, die Hände über der Brust verschränkt, mit großen ratlosen Augen, und Myrthas Worte, die Helen noch einmal zu hören glaubte. Peinlich hatten sie sie berührt. Aber sie verstand Myrtha, sie hatte etwas ausgedrückt, was auch sie bei Alfreds Sprechen empfand. Worte,

die sich einhakten, Stiche verursachten, gegen die kein Verstehen half, das Denken wegschwemmten, erstickten.
Als hätte das Wort die Brücke geschlagen in die Vergangenheit und die Verbindung wieder hergestellt zwischen jenem Alfred vor vierzig Jahren und dem alten Mann, der mit ihnen am Tisch saß. Die Gefühle von damals waren wieder da.

La tourte au chocolat casse, murmelte das Mädchen in gebrochenem Französisch, selber gemacht.
Sie stellte rasch ein Glasschälchen vor Alfred und Clarissa hin.
– Ich will kein Dessert, stotterte Myrtha schluchzend und löste sich aus Clarissas Armen.
Für mich schon, wandte sich Clarissa an das Mädchen.
– Ich möchte gehen.
Myrtha erhob sich, blickte auf Helen und Clarissa.
– Aber doch nicht gleich.
Clarissa versuchte ruhig zu bleiben, faßte Myrtha um die Schulter.
– Wir essen jetzt noch das Dessert und trinken den Kaffee.
Clarissa gab sich Mühe.
Danach könnten sie ins Hotel gehen, ein wenig schlafen und vielleicht morgen noch einmal bei Alfred vorbeischauen.
– Auf keinen Fall.
Myrthas Stimme drückte trotzige Bestimmtheit aus. Alfred senkte betroffen den Kopf, sogar das Mäd-

chen hielt inne mit Kaffee-Einschenken, verharrte mit dem dampfenden Kaffeekrug in der Hand.
Clarissa setzte noch einmal zum Reden an, aber es war, als ließe Myrthas ungehemmtes Weinen ihre Worte auf den Lippen gefrieren. Für eine Weile lag Stille im Raum, die Helen unerträglich vorkam. Ein Kribbeln war in ihr, das Gefühl, es nicht mehr auszuhalten.
– Laß uns gehen.
Helen wandte sich an Clarissa.
Wortlos standen die Schwestern nebeneinander, starrten auf diesen Tisch, auf das Mädchen mit dem Kaffeekrug, auf Alfred, der heftig atmete. Schweißperlen liefen über seine Wangen, bildeten kleine glänzende Bahnen auf seiner Haut; eingeknickt hockte er da, die Ellenbogen auf den Lehnen des Rollstuhls, die Hände ineinander verklammert.
– Ja, gehen wir.
Clarissas Stimme drückte Entschlossenheit aus.
– Es ist vielleicht besser so.
Sie löste sich von Myrtha.
Langsam schritt sie auf Alfred zu.
Es war gut gemeint, wandte sie sich ihm mit leiser Stimme zu, aber die Verwirrung, sie stockte, die Begegnung nach so langer Zeit, und all die Gefühle, es war wohl zuviel für uns alle, hat uns überrollt, ich, sie zögerte,
ich verzeih dir, Alfred, hab dir längst verziehen.
Clarissa streckte ihm die Hand entgegen.
Alfred hob langsam den Kopf, er sah Clarissa an, seine Augenlider schlugen oft und oft über die wäßri-

gen Augen, die für Sekunden einen hellen Glanz bekamen, sein Mund öffnete sich, es war, als versuchte er zu lächeln, er legte seine Hand in die von Clarissa.
– Danke, flüsterte er, danke.

Helen zauderte, als Clarissa Alfreds Hand losließ, bemerkte für Sekundenbruchteile, wie er sie ansah. Etwas Flehendes war in seinem Gesicht, doch sie schlug die Augen nieder, wandte sich zur Seite, hielt noch einmal inne und verließ den Raum.
Myrtha folgte ihr, Clarissa schloß sich an. Sie halfen sich in die Mäntel, wortlos. Myrtha war schon an der Tür. Dann drehte sich Helen noch einmal um, kehrte ins Zimmer zurück, spähte hin zu Alfred. Eingeknickt, mit pfeifendem Atem, die Hände an die Tischplatte geheftet saß er da, Röte fleckte sein Gesicht, Schaum quoll aus dem Mund. Helen blieb stehen, näherte sich langsam, hob die Hand leicht an, doch in dem Augenblick schaute das Mädchen auf, maß Helen mit vorwurfsvollen Blicken und bedeutete ihr zu gehen.
Clarissa und Myrtha warteten schon, dann wieselte die Angestellte herbei und fragte, ob sie ein Taxi bestellen solle. Die Schwestern wehrten ab, wandten sich zum Gehen, Myrtha öffnete schon die Tür.
Herr Kronig habe wieder einen Anfall, stammelte das Mädchen, deshalb könne sie die Schwestern nicht begleiten.
– Nicht nötig, wiederholte Clarissa.
Aber im Gasthaus würde sie schon anrufen und melden, daß sie noch kämen.

Die Schwestern traten in die Sommernacht hinaus, fielen sich in die Arme.
Keine sprach ein Wort, als sie durch die Nacht auf das Dorf zu schlenderten.
Helen – Clarissa – Myrtha.
Drei alte Frauen, ratlos, verängstigt.
Die Nacht von milder Wärme, ohne Geräusche, die abgestandene Stille um Mitternacht, wenn alle Rhythmen des Tages verflacht sind, abgestorben.
Helen war es, als sei ihre Mutter in dieser Nacht ein zweites Mal getötet worden.
Einzelheiten wieder aus jenem Spätsommertag –
Der Abend im Haus mit der aufgebahrten Mutter im Wohnzimmer, die beinah endlosen Verhöre durch die Polizisten, die immer gleichen quälenden Fragen, über Alfred, über die tote Mutter, über Streitigkeiten zwischen den beiden. Die Schwestern geben Antworten und suchen doch selber nach Antworten, streifen durch das Haus, bald in diesem, bald in jenem Zimmer, versuchen sich zu trösten. Draußen ein warmer Abend, der Sommerdüfte durch die geöffneten Fenster trägt. Edgar, Clarissas späterer Mann, der Dachdecker, kommt. Aber er hockt nur da, brütet vor sich hin, weiß nicht, was reden.
Niemand weiß es.
Später stößt auch Myrthas Freund dazu, beginnt das ganze Haus nach Spuren abzusuchen, stellt Fragen.

Und Helen denkt nur an Simon Levy.

Ich hätte mir in jener Nacht gewünscht, er würde kommen.
Simon Levy.
Zärtlich sprach sie den Namen aus.
Sie ließ Melzer keine Zeit zum Fragen.
Mit ihm hätte sie reden wollen, sich an ihn lehnen, seine Hand auf ihrem Haar fühlen.

Mutter schloß die Augen, schwieg.
Sie schien jetzt müde, aber ihr Gesicht wirkte gelöst, entspannt. Bring mir einen Likör, sagte sie zu Melzers Erstaunen, die Flasche steht unten im Schrank.
Melzer brachte ihr den Averna. Es war der einzige Likör, den sie mochte und von dem sie sich bei seltenen Gelegenheiten einen erlaubte. Sie hatte sich dieses Laster, wie sie es nannte, in ihrer Lehrzeit zugelegt und zeit ihres Lebens daran festgehalten. Immer stand eine Flasche im Küchenschrank: Amaro Siciliano da Caltanissetta.
Sie war nie in Caltanissetta gewesen, das Brienzer Rothorn, der Bürgenstock und die Rigi hatten als Ausflugsziele auch gereicht. Italien wäre ihr zu weit gewesen, Sizilien erst recht.

Wach blieben die Schwestern auch diese Nacht im Hotel. Die Gedanken kehrten zurück in die Vergangenheit, flogen hinüber zu Alfreds Haus und zogen auch diese Nacht in die Länge. Helen konnte sich nicht verzeihen, daß sie Alfred an jenem Abend die Hand nicht gereicht hatte. Noch lange sah sie Alfreds vergeblich ausgestreckte Hand vor sich, sein um Ver-

zeihung flehendes Gesicht, entstellt durch den Sauerstoffschlauch aus seinen Nasenflügeln, sie hörte sein Röcheln, seinen pfeifenden Atem, seine näselnde Stimme.
Bloß ein verlorener Mensch.
Sie wollte mit jemandem darüber reden. Mit ihm. Dem Sohn.
Dies Gefühl der Schuld, besonders nach Alfreds Tod, bedrückte sie.
Sie hätte verzeihen wollen.
So leicht und selbstverständlich wie Clarissa es getan hatte. Aber damals, an jenem Abend bei Alfred, schaffte sie es nicht, etwas hielt sie zurück.
Der Gedanke an Simon Levy?

11

Melzer schritt im Wohnzimmer auf und ab.
Alfred Kronig. Simon Levy. Buchhändler Maus. Kriegsjahre.
Sein Land war vom Krieg verschont. Dank der Armee und der Solidarität von Volk und Behörden. So stand es in den Schulbüchern.
So hatte Melzer es gelernt.
Die Akten blieben unzugänglich. Sperrfrist. Eine Angelegenheit für die Historiker.
Melzer machte Licht, schob die Vorhänge zur Seite und öffnete das Fenster. Er stemmte sich gegen den kühlen Luftzug, der in den Raum drang, eine klare Nacht, fern überm Hügel ein blanker metallischer Schein. Stille in diesem Tal der Kindheit, wo auch seine eigenen Spuren sich fanden. Weite Spaziergänge damals talaufwärts durch die kleinen Bauerndörfer, deren Namen vertraut in Melzers Ohren klangen: Oberthalheim, Leerau, wo ein großer Grenzstein den Übergang ins Luzernische markiert, ins katholische Land. Diesseits der Grenze waren alle reformiert, wie es sich geziemte für ehemalige Untertanen der gnädigen Herren von Bern, die während ihrer vierhundertjährigen Herrschaft nicht nur für den wahren Glauben, calvinistischen Fleiß und Strebsamkeit gesorgt und sich mit Berner Bären auf Amtshäusern und in den Kirchen verewigt, sondern auch einen echten Untertanengeist gezüchtet hatten, der die Talbewohner alles Gute von ihren Herren erwarten ließ, seien sie die gnädigen von Bern oder die bürgerlichen in der

Kantonshauptstadt, die zu Beginn des 19. Jahrhunderts deren Erbe angetreten hatten.
All die Jahre blieb Mutter im Tal und besuchte auf dem Friedhof die Toten: Melzers kleine Schwester, den alten Moser, Bronstein, den letzten Juden, Vater. Im Alter von sieben Jahren starb Melzers Schwester. An ihrem zweiten Schultag fiel sie vom Ast eines Baumes auf den Hinterkopf und erlag den inneren Verletzungen. Ein Tod, für den Mutter sich noch nach Jahren verantwortlich fühlte. Sie war noch zu klein für die Schule, sagte Mutter, man hätte sie nicht gehen lassen dürfen.
Nachkriegszeit.
Mutter führte den kleinen Quartierladen. HANDLUNG. LEBENSMITTEL UND HAUSHALT. Sie kauften den ersten Plattenspieler, damals noch der einzige im Quartier. Am Sonntagmorgen kam jeweils der alte Moser und hörte sich den Gefangenenchor aus Nabucco an. Sonntag für Sonntag. Mit Opern im allgemeinen und mit Nabucco im besonderen konnte Mutter nicht viel anfangen. Die fünf oder sechs Schellackplatten, die sie sich gekauft hatte, um ein Freizeitvergnügen zu haben, ordnete Moser, die Miene des Kenners aufsetzend, dem Bereich des Seichten zu: »Am Lago di Garda« von Rudi Schuricke, Lieselotte Malkowskis Tangolied »In der Cafeteria von Milano« und der Foxtrott »Sonntags auf der Reeperbahn«, Nilla Pizzis »Vola Colomba« und das von Mutter oft gesummte »Papaveri e papere«, eine Langspielplatte von Billie Holiday, »The Lady sings the Blues: Strange Fruit, Lover come back to me ...«

Melzer hatte im Englischunterricht einige dieser Lieder übersetzen müssen und sich mit diesen Versen über die Enttäuschung einer Jugendliebe hinweggetröstet: You went away I let you, we broke ties that bind... Eveline hieß das Mädchen mit den dunklen Zöpfen, mit dem er sich im Wald herumgetrieben hatte, Fingerübungen.
Moser war mit solchen Liedern nicht zu überzeugen. Gerade noch gelten ließ er »Amara, das Zigeunermädchen« aus einer Operette von Lehár und Jakob Kesslers »Gruß ans alte Wien«.
Melzer zog die Klapptür des alten Sekretärs nach unten, streifte mit seinen Fingerspitzen die kleinen Schublädchen mit den hellen Messingknöpfen. Auf dem Gestell stapelten sich Mutters Bücher, jene, die sie immer wieder las, eine alte Hausbibel aus ihrer Kinderzeit, die Lebensgeschichte der Louise Michel, die ihm Mutter im Alter von elf oder zwölf Jahren erzählt hatte, zwei Fotobände über Katzen, Romane der Marlitt, ein altes Exemplar von Lore Bergers »Auf dem Turm«, ein zerfleddertes Reclambändchen von C. F. Meyers »Gustav Adolfs Page«, eine broschierte Ausgabe von Hesses »Lateinschüler«, Sauerbruchs Lebensgeschichte, Fontanes »Effi Briest« und Gotthelfs »Annebäbi Jowäger«, eine alte Paperbackausgabe vom »Leben und Sterben des berüchtigten Gauners Bernhart Matter«.
Melzer lächelte; das waren auch seine ersten Bücher gewesen.
Unter den Büchern entdeckte Melzer auch einen Band mit Backrezepten aus Lettland und ein bro-

schiertes Heft mit dem Titel *400 Kniffe der sparsamen Hausfrau.* Auf der ersten Seite die Widmung: Für Helen und Robert. Glückwünsche zur Hochzeit und zu einem Leben voller Glück und Liebe. Herbst 41, Eure Tante Frieda.

Melzer legte die Bücher ins Gestell zurück. Mutter hatte ihre Geheimnisse gut gehütet.

Das gelbe Kuvert befand sich ganz oben in der Schublade, es war zugeklebt und mit einem braunen Seidenband wie ein Postpaket verschnürt. Melzer drehte es in den Händen, tippelte damit im Zimmer auf und ab, setzte sich an den Tisch. Er knotete die Masche auf, fuhr mit den Fingerspitzen über den fettfleckigen Umschlag.

Schau es dir an, hatte Mutter gesagt.

Melzer zögerte.

Wäre es nicht besser, alles Vergangene in seinem Vergangensein ruhen zu lassen?

Er riß den Umschlag auf, nahm die Blätter und Fotos heraus: die Schwestern in schwarzen knielangen Trikotkleidern, weißen Seidenblusen mit Spitzenkragen; die Füße steckten in dunklen Wildlederschuhen mit Keilabsätzen. Kein Lächeln in den Gesichtern, es mochte an den Haaren liegen, die streng nach hinten gekämmt und mit Schnallen festgebunden waren, nur die eine fiel ein wenig aus dem Rahmen, hatte das Haar in Kringeln über die Ohren gesteckt, was dem schön geschnittenen Gesicht einen Schuß Keckheit verlieh, einen Anflug von Heiterkeit, ohne daß indes ein Lächeln auszumachen war. Drei Schwestern, die Arme ineinanderverschränkt, in einer Verbundenheit, die eine seltene Ganzheit verriet. Oktober 41 stand auf der Rückseite mit alten deutschen Buchstaben geschrieben. Auf dem zweiten Foto, chamoisgetönt, ein junges Mädchen, im Alter von zwölf, dreizehn Jahren auf einer Bank eng an die Mutter geschmiegt, eine füllige, schwere Frau mit großem Sommerhut, der einen runden Schatten in ihr Gesicht schnitt, im Hintergrund der Garten, blasse Konturen von Hecken und Sträuchern, aufgeplustert von der Sonne.

Nirgends seien die Jahreszeiten so nah und körperlich fühlbar gewesen wie in diesem Haus und Garten, sagte Mutter, unvergessen die kalten Winter, die Eisblumen an die Vorfenster klebten und manchmal in der Küche die Leitungen gefrieren ließen, besonders zur Kriegszeit, als Brennholz knapp und teuer war und nur gerade der große Kachelofen geheizt werden konnte. Jeder nahm zur Nacht ein aufgewärmtes Kirschsteinsäckchen in sein kaltes Zimmer mit, solange, bis im Frühling der Schnee von den steilen Giebeln zu tropfen begann und der Hausmauer entlang die ersten Krokusse aus der Erde stießen.

Was aber bleibt von dem, was gewesen ist?

Melzer zog ein maschinenbeschriebenes Blatt aus dem Umschlag, das Original der Rede, die der Pfarrer bei der Abdankung der Großmutter gehalten hatte.

Nun aber bleibt Glaube, Hoffnung, Liebe (1. Kor. 13,13)

Liebe Leidtragende!
»Das schwere Herz wird nicht durch Worte leichter«, dieser Ausspruch aus Schillers Drama »Wilhelm Tell« gilt auch hier, im Blick auf eure tiefe Trauer. In einem Moment, da in Europa das mörderische Völkerringen, das schon Hunderttausenden das Leben gekostet hat, unablässig weiter geht und die Friedenstaube noch immer nicht sichtbar wird, hat der Tod eurer Familie wieder tiefes Leid geschlagen.
Amalie Anna Leber, geborene Mehlin, ist am 11. August 1941 im Alter von 45 Jahren, 8 Monaten und 9 Tagen gestorben. Am 23. Juni 1896 wurde Amalie Anna in Oberhofen am Thunersee als achtes von zwölf Kindern geboren. Vier Kinder starben im frühen Kindesalter von ein bis zwei Jahren. Nach ihrer Schulzeit war Amalie Anna an verschiedenen Orten als Dienstmädchen und Saaltochter in Stellung. Als sie 20 Jahre alt war, starb ihr Vater 1914 im Alter von 51 Jahren als Kriegsfreiwilliger in Schlesien, wohin ihn die materielle Not jener Jahre getrieben hatte. Als Serviertochter lernte sie den künftigen Gatten Emil Anton Leber kennen und heiratete ihn nach dem Krieg 1918. Sie schenkte fünf Mädchen das Leben, von denen zwei früh verstarben. Amalie war ihrem Gatten allzeit eine liebevolle, aufopfernde Gattin und ihren Mädchen eine treubesorgte Mutter. Sie lebte ganz ihrem Mann und ihrer Familie. Aufopferung und Treue waren allzeit ihr Leben. 1936 im Alter von erst 38 Jahren wurde ihr Gatte durch ein heimtückisches Leiden abberufen. In beispielhafter Tapferkeit und unermüdlicher Treue führte sie den Hof und

sorgte für die Erziehung ihrer Töchter: Helen, Clarissa, Myrtha. Von längeren Krankheiten blieb sie verschont, doch hatte sie oft ein schmerzhaftes Gallenleiden. Noch durfte sie es erleben, wie ihre Töchter aus der Schule und der kirchlichen Unterweisung entlassen wurden. Ein unerklärlich dunkles Verhängnis hat am letzten Donnerstag ihrem unermüdlichen Schaffen und treuen Wirken zum Wohle ihrer Angehörigen ein jähes Ende bereitet und schweres Leid über das ungetrübte Leben ihrer Töchter gebracht, die nun ohne Eltern mitten in einer unsicheren Zeit stehen.

Sie hatte gelebt von nichts und war gestorben an allem. Melzers Finger glitten über die Seiten.
Im Blick auf das dunkle Geschehen, schrieb der Pfarrer, laßt uns bedenken:
1. Richtet nicht vor der Zeit, bis daß der Herr kommt, der auch wird ans Licht bringen, was im Dunkeln verborgen war. Er wird einst aller Herzen Gedanken und menschliche Taten offenbar machen.
2. Schaffet Eure Seligkeit mit Furcht und Zittern, denn jeder steht und fällt seinem eigenen Herrn.
3. Am Kreuz auf Golgatha hat der barmherzige Heiland um Gnade und Vergebung für seine Mörder und Feinde gebeten mit den Worten: Vater, vergib ihnen, denn sie wissen nicht, was sie tun.
Möge der Frieden wieder einkehren in eure Herzen, wie der Friede einkehren mag zwischen den Völkern, die jetzt noch mit Bomben und Granaten sich gegen-

seitig umbringen. Und mögen wir denen verzeihen, die so schrecklich gefehlt haben, hier und draußen in der Welt, denn nur im Vergeben und Vergessen finden auch wir unsern Frieden wieder.

Melzer legte das Blatt auf den Tisch.
Er schenkte sich einen Averna ein. Herbstlich trüb der Tag, ein graues Licht über den Feldern, der Geruch der Äcker erfüllte die Luft, mischte sich in den Abend, senkte sich mit der Nacht in die Ebenen. Vögel hockten im laublosen Gesträuch des Gartens.
Wo war der Friede geblieben, von dem der Pfarrer schrieb?
Nun aber bleibt: *Liebe – Glaube – Hoffnung*.
Pfarrer müßte man sein.
Melzer breitete den Inhalt des Kuverts auf dem Tisch aus: handgeschriebene Seiten, Briefe, Stenogramme, Zettel, Blätter, ungeordnet, unvollständig.
Wenn man bloß wüßte.
Melzer schnippte mit den Fingern durch die Luft.

12

Die Nacht im Hotel; keine der Schwestern konnte schlafen. Von ihren Zimmern aus sahen sie Alfreds Haus: die ganze Nacht brannte Licht. Und um dieses beleuchtete Haus kreisten die Gedanken der Schwestern.

Myrtha

ärgerte sich bloß. Sie hatte es immer gewußt. Es gab Dinge, die waren nicht zu vergessen und nicht zu verzeihen, auch nach Jahren nicht. Daran hielt sie fest. Jetzt erst recht.

Clarissa

war nachdenklich geworden. Was geschehen war, hatte sie nicht gewollt. Die Reise ja, – das Wiedersehen. Aber nicht so. Sie machte sich Vorwürfe, es war ihre Idee gewesen: vergeben und vergessen. Das war nicht jedem gegeben. Niemand konnte dazu gezwungen werden. Hätte sie das nicht wissen müssen.

Helen

empfand ihre Unnachgiebigkeit als Schuld. Wenn sie bloß nicht an Simon Levy hätte denken müssen. In dieser Nacht im Hotel fiel ihr auch jene Stelle in einem Buch wieder ein, wo eine Tochter ihren kranken Vater besucht und ihm verziehen hat. Sie erinnerte sich genau an die Stelle, sah vor sich, wie die Tochter an das Bett ihres kranken Vaters trat und ihm die Hand zum Zeichen des Verzeihens reichte. Still war es im Zimmer, das Gesicht des Vaters erhellte sich und entspannte sich zu einem Lächeln. Und mit diesem Lächeln starb er.

Einen solchen Tod hätte Helen auch Alfred gegönnt, frei von Schuld und Angst. So hätte sie ihn an diesem Abend gern verlassen.

Lange stand sie in dieser Nacht am Fenster und spähte in diese hügelige Juralandschaft hinaus. Still und leer die schmale Dorfstraße draußen mit den niedrigen Holzhäusern, die noch kleiner zu werden schienen unter den runden Bogenlampen, die in gewundener Flucht sich am Horizont verloren, menschenleer die Straße, hin und wieder Motorräder, die mit aufheulenden Motoren die Stille zerrissen; aus dem nahen Feld waren die Grillen zu hören, ein unentwegt gleichmäßiges Zirpen; und fern das Licht in Alfreds Haus.
Eine lange Nacht in diesem Hotelzimmer; abweisend und kalt der Raum mit seinen schäbigen Möbeln, billiges Kunststoffzeug, das schmale Bett mit gelben Percallaken bezogen, an Schlaf war nicht zu denken. Im Nebenzimmer Myrtha und Clarissa, Schritte manchmal, verhaltenes Stimmengeflüster. Helen hatte freiwillig das Einzelzimmer genommen, um nicht reden zu müssen, allein zu sein mit den Gedanken, die immer wieder hinüberflogen zu Alfred. Seine ein-

gefallene Gestalt im Rollstuhl, sein röchelnder Atem, seine vergeblich ausgestreckte Hand, die Nägel zerkaut, fransig, die Hände eines alten Mannes, der noch immer nicht zu Rande kam mit den Bildern seines Lebens. Bloß ein verlorener Mensch.
Helen war in dieser Nacht, als würde sie etwas mit Alfred verbinden.
Ein Zittern überkam sie.
– Wie verfehlt ist doch all unser Tun, all dies Streben und Zappeln.

Eine Traurigkeit, oder war es bloß Ratlosigkeit, nahm sie in dieser Nacht gefangen, die auch in den folgenden Wochen nicht mehr von ihr wich.
Und erst als draußen langsam der Tag erwachte, wurde sie ruhiger. Die Angst blieb, ein pelziges Tier, das in ihr nistete. Und mit dem Tag verschwand auch das Licht draußen in Alfreds Haus.

Die Schwestern sprachen wenig beim Frühstück, schlürften Kaffee und rieben den Schlaf aus den übernächtigten Gesichtern. Auf dem Bahnsteig musterte sie der Beamte noch verwunderter, mißtrauischer als am Vortag.
Drei alte Damen auf Abwegen.
Übernächtigt. Und irgendwie auch verändert. Erleichtert, als wäre eine Last abgefallen? Oder noch sonderlicher geworden? Noch ratloser?

Zwei Wochen nach dem Besuch der Schwestern war Alfred Kronig tot.

Auf der Heimreise nahm Helen sich noch vor, Alfred zu schreiben: das Verzeihen nachzuholen, schriftlich.
Die Karte des Mädchens kam ihr zuvor.
Eine knappe Mitteilung.
Herr Kronig habe noch gebeten, man möge den Schwestern schreiben. Es sei ihm offenbar wichtig gewesen. Er habe noch von den Schwestern gesprochen, schrieb das Mädchen, wie sehr ihr Besuch ihn gefreut habe.
Helen kam es vor, als hätte sie ihn verurteilt.

13

Melzer schob die Blätter auseinander. Handgeschriebene Seiten. Beinahe unleserlich. Myrthas Mann hatte sich mit der Schrift wenig Mühe gegeben, viele Abkürzungen, Randbemerkungen.
Melzer entzifferte und ergänzte.
Für ein genaues Psychogramm des Angeklagten müssen zunächst die ungünstigen hereditären Faktoren in Betracht gezogen werden, las Melzer, denn diese haben den Exploranden von mütterlicher Seite mit Geistesschwäche (ihr Vater war mit 49 Jahren verblödet), von väterlicher Seite mit Trunksucht, Jähzorn und Vagantentum vorbelastet.
Dank einer strengen Erziehung – las Melzer weiter –, durch strenge Zucht, Ordnung und Arbeitsdisziplin, die auf dem Bauernhof Voraussetzung für das Überleben waren, haben sich diese Erbfaktoren vorerst nicht negativ auswirken können. Der Explorand entwickelte sich zu einem Musterknaben, immer anständig, fleißig, gewissenhaft, nie war er bei Streichen dabei, war stets hilfsbereit, anpassungsfähig, unterwürfig und gehorsam; bei Pfarrer, Lehrern und Vorgesetzten beliebt.
Diese außerordentlich erfreuliche Entwicklung ist aber nicht, wie Tests gezeigt haben, Folge eines besonderen Einfühlungsvermögens, sondern einer Charakterabwegigkeit. Alle Tests, vor allem das Spiel mit Murmeln und Farbtafeln, und insbesondere die nach Doktor Freud vorgenommenen Befragungen, verraten eine schwere Störung des Gemütslebens, so zeigt

der Explorand keine Anteilnahme an gehabten Erlebnissen.
Auf ein gestörtes Gemütsleben weist auch das viele Lesen hin: er liest Bücher und Hefte, statt die Welt zu erfahren. Immer zeigt sich der Explorand als in sich zurückgezogener Einzelgänger, er spaltet also die Menschen von sich und seinem Bewußtsein ab: ein zutiefst schizophrenes Zustandsbild, das man als schizoide Psychopathie mit infantilen Mechanismen bezeichnen muß, ein Zustand, der jederzeit in völlige Schizophrenie überkippen kann.
Zwei Faktoren dürften zu dieser Entwicklung geführt haben:
1. Die negativen hereditären Voraussetzungen des Explorанden.
2. Erlittene Demütigungen in der Kindheit.
So wurde der Knabe als katholisches Kind in einer protestantischen Umgebung von seinen Kameraden als Mensch mit schwarzer Seele bezeichnet, was ihm früh das Gefühl des Verruchtseins gegeben haben muß. Ebenso verspottet wurde er als uneheliches Kind einer durch leichtsinnigen Lebenswandel sich auszeichnenden Mutter, die überdies als geistig gestört, ja als schwachsinnig gelten muß –

Melzer trat mit dem Blatt in der Hand ans Fenster, ein kaltes Dämmergemisch, das den Tag in die Nacht zog. Die Pappeln am Flußufer waren mit Rauhreif überzuckert, glänzten in abstoßendem Weiß.
Wie oft hatte er am Uferbord gesessen, unter den Weidenbüschen versteckt, hatte ins Wasser gestarrt,

war den Schattenlinien der Bäume auf den blinkenden Wellen gefolgt, verträumt und verloren ins Spiel der Formen und Farben, und drüben am andern Ufer Maria Isabellas Haus.
Das Kind, das du damals gewesen bist.
Was wäre zu sagen über dich?
Melzer setzte sich, las.
Schwer ins Gewicht fällt beim Exploranden eine gestörte sexuelle Entwicklung, besonders eine, ebenfalls von Doktor Freud ausführlich beschriebene, überaus starke Triebhaftigkeit, die sich schon in der Schulzeit in Kuh- und Stierspielen äußerte. Bereits im Alter von elf Jahren kam es zu frühsexuellen Erlebnissen mit Stiefschwestern und Kameraden. Die Kinder zogen sich nackt aus und betasteten gegenseitig ihre Geschlechtsteile. Diese heimlich im Wald durchgeführten Spiele verursachten tiefe Schuldgefühle, führten zu einem, nach Doktor Freud, irreversiblen Schuldsyndrom mit affektiven Gemütsschwankungen und psychotischen Schüben. Diese Schuldgefühle verstärkten sich noch durch ausgiebige Masturbation zur ödipalen Psychose mit konspirativer Aggression. Die Schuldgefühle wirkten im Unterbewußten weiter und zeigten sich äußerlich in einer geradezu neurotischen Abscheu vor Mädchen und Frauen.
Was hätten sie über dich geschrieben, dachte Melzer. Die eigenen Spiele mit Mädchen, draußen in der Höhle des Tuggenwaldes, die tastenden Hände zwischen die Schenkel der Mädchen, ihr Kichern und Keuchen, die Fingerspitzen auf der weichen Haut, das Zittern der kleinen Brüste.

Das war lange her, Lüstling.
Melzer lachte.
Die sexuelle Triebhaftigkeit suchte ihre Befriedigung anderswo, fand ihren Ausweg, bedingt durch das bäuerliche Milieu, in Sodomie, die wiederum aus Schuldgefühlen heraus zum Töten von Tieren führte und in diesem Töten noch eine Triebentladung erfahren konnte. Mehrfach gestand der Explorand, gerne im Fleisch zu arbeiten.
Diese so pervers ausgelebten Triebe vertieften die Schuldgefühle, machten den Explorânden nach außen gefügig und lenkbar, erzeugten aber eine innere Spannung, die jederzeit sich entladen konnte. Die Verbindung mit der rechtsextremen Sportgruppe verstärkte das Selbstwertgefühl des Exploranden, gab seinem Haß eine Richtung und legitimierte seine Tötungswünsche. So wurde er zum Verbrechen gedrängt, seine langjährig aufgestauten Triebe konnten sich explosionsartig entladen.
Als Fazit bleibt somit festzuhalten: beim Exploranden handelt es sich um einen schizoiden, infantilen, triebhaften Psychopathen, der gemeingefährlich und jederzeit zu weiteren Verbrechen fähig ist –

Melzer knüllte das Papier wütend zusammen.
Er machte ein paar Schritte, schlug mit dem Kopf leicht gegen die Wand.
Wer war Alfred Kronig wirklich?
Melzer hätte ihn gerne kennengelernt.
Aus dem Gefängnis schrieb Alfred Kronig erstmals an die Schwestern.

Liebe Helen, Clarissa, Myrtha,
ich verstehe, wenn Ihr nichts von mir hören wollt, aber mein Anwalt hat mir geraten, Euch zu schreiben. Es tut mir leid, daß ich soviel Leid über Euch gebracht habe. Vergebt mir, wenn Ihr könnt. Daß so etwas passieren mußte, kann ich auch nicht verstehen. Eure Mutter hat mir nie etwas getan. Wie ihren eigenen Sohn hat sie mich behandelt. Das vergesse ich nie. Ich weiß auch nicht, warum ich diese Tat begangen habe. Es ist einfach über mich gekommen wie eine böse Macht. Ich wurde schwach. Ja, ich wurde ein Raubtier, das töten muß, wenn es kann. Alles kommt mir wie ein wüster Traum vor. Ich darf nicht daran zurückdenken, sonst verliere ich noch den Verstand. Ich bereue, was ich Euch angetan habe. Glaubt es mir. Ich bin jetzt hier im Gefängnis. Das ist auch nicht schön, aber ich habe es verdient.

Alfred

Draußen war das Wimmern einer Katze zu hören. Melzer schloß die Fensterläden, löschte das Licht und legte sich hin.

14

– Was wollen Sie denn noch? Dem Gesagten ist nichts beizufügen.

Der Gerichtsarchivar hielt ein weiteres Gespräch für wenig sinnvoll.

Auch eine teilweise Akteneinsicht könnte nicht gewährt werden. Die Gründe habe er bereits dargelegt, ausführlicher, als es ihm erlaubt sei. Akten, die im Strafregister gelöscht seien, blieben auch nach der Sperrfrist unzugänglich.

Melzer gab nicht auf.

Die Wahrheit?

Der Gerichtsarchivar lächelte mitleidig.

– Manches bleibt rätselhaft und alle Fakten helfen nicht weiter.

– Die juristische Wahrheit?

Der Gerichtsarchivar lächelte wieder.

Es gebe sie so wenig wie eine andere Wahrheit.

Der Gerichtsarchivar erhob sich, machte ein paar Schritte.

Er halte es da mit Nietzsche, wonach Wahrheit nichts anderes sei als ein bewegliches Heer von Metaphern, eine Summe von menschlichen Relationen, die rhetorisch gesteigert und geschmückt würden und uns nach langem Gebrauch kanonisch und verbindlich dünkten, aber doch letztlich nichts seien als Illusionen, perspektivische Schätzungen.

Der Gerichtsarchivar trat auf Melzer zu.

– So gesehen, heißt wahrhaftig sein, auch auf dem Gericht, die usuellen Metaphern zu brauchen oder,

moralisch ausgedrückt, nach festen Konventionen zu lügen, was freilich unbewußt geschieht, da nach hundertjährigem Gebrauch die Metaphern selbstverständlich zu einem festen Schema geworden sind: Täter-Opfer, Schuld-Sühne.
– Dann wäre die Frage nach dem Täter eine Illusion? Melzer fixierte den Gerichtsarchivar.
– Im Grunde schon.
Langsam streifte der Gerichtsarchivar mit seinen Fingern über das vor ihm ausgelegte Aktenbündel.
– Aber jedes Volk braucht eben seinen Begriffshimmel, nur so ist es möglich, eine Welt von Gesetzen und Privilegien zu schaffen. Und unter der Forderung nach Wahrheit versteht man dann, daß jeder Begriffsgott in seiner Sphäre gesucht wird. Nur mit der Illusion dieser Wahrheit lebt der Mensch in Ruhe und Sicherheit. Wenn er aber auch nur einen Augenblick aus den Gefängniswänden dieses Glaubens heraus muß, so ist es mit seinem Selbstbewußtsein vorbei. Davon lebt jede Ordnung.
– Und mit dieser Auffassung sind Sie auf dem Gericht tätig?
Wieder lächelte der Gerichtsarchivar.
Nicht mehr. Aus diesem Grunde habe er sich ins Archiv zurückgezogen, wo er sich seine eigenen Bilder machen könne, jenseits von Metaphern.
– Machen Sie sich von Ihrem Alfred Kronig Ihr eigenes Bild. Es wird der Wahrheit näher sein als alle Fakten.
Der Gerichtsarchivar zündete sich eine Zigarette an, setzte sich auf den Pultrand.

Nietzsche nenne das ein ästhetisches Verhalten, eine andeutende Übertragung, eine nachstammelnde Übersetzung in eine fremde, je eigene Sprache.
Wo die möglich sei?
– Überall, wo der ganze Mensch gefordert ist, nicht nur sein Intellekt, in Liebe oder Haß zum Beispiel oder in der Kunst.
– Ausgerechnet Sie sprechen von Liebe und Kunst?
Der Gerichtsarchivar nahm von Melzers verblüfftem Gesicht keine Notiz.
– Warum nicht in Liebe oder Haß?
Der Gerichtsarchivar schmunzelte.
Er drückte seine Zigarette aus und klemmte sich das Aktenbündel unter den Arm.
– Jeder aus dem Gefühl der Liebe oder des Hasses ausgesprochene Satz sagt mehr über einen Menschen aus als alle Dokumente und Gutachten, so akribisch sie zusammengesucht sein mögen. Darin gründet mein pereat justitia.
Der Gerichtsarchivar drückte Melzer die Hand.

Langsam schritt Melzer über die Marmorstufen dem Ausgang zu.
Und er sieht all die Bilder vor sich, als wären es seine eigenen –
Das junge Mädchen, das am Gartentor steht, die Düfte des Gartens in sich aufsaugt; hinter dem Haus die Felder, gelbe Stoppelfelder, trocken und hart, über denen die Luft flimmert, im Haus die tote Frau; leicht entfernt, reglos, Alfred Kronig, benommen, fern. Einer, der getötet hat und selbst nicht weiß, warum.

Über dem Haus ein Himmel von hartem Blau, von fransigen Wolkenbündeln durchzogen: ein Sommertag zur Kriegszeit. Frontberichte am Radio, Panzerschlachten, zerbombte Städte, Tote in den Schützengräben.
Ein Sommertag.
Und doch keiner wie dieser.

15

11. August 41: ein – laut Zeitung – ganz gewöhnlicher Tag. Nachrichten wie üblich:

Veranstaltungen

Der ornithologische Verein lädt ein zur Jahresversammlung, die Ortssektion des schweizerischen gemeinnützigen Frauenvereins zu einem Vortrag über das Sterilisieren von gelben Pflaumen und die Bedeutung der Pilze in der heutigen Ernährung.
In der gleichen Zeitungsspalte der Hinweis auf die Abendunterhaltung der örtlichen Musikgesellschaft, die neben einem volkstümlichen Konzert auch das Drama *Der Schicksalsschmied* aufführen werde: *ein Drama aus den Bündner Bergen stammend, das die Besucher für ein paar Stunden vom Grauen des Alltags in der Kriegszeit ablenken wird.*
Das Stadttheater spielt zum letzten Mal *Mrs. Cheney's Ende* von Frederick Londsale, die Lichtspieltheater lassen die Wahl zwischen *Gebrochenem Glück mit Barbara Stanwyck und Joel McCrea, Kleine Mädchen, große Sorgen,* einer »liebenswürdigen Komödie, lustig und humorvoll«, und dem Streifen *Entfesselte Triebe* nach dem Roman von Howard Spring.
Ein gewöhnlicher Tag im August.

Ausland

Die italienische Regierung verbietet ab sofort allen Männern das Tragen von Shorts, da Shorts der soldatischen Männlichkeit unwürdig seien.
Im Osten beginnt die deutsche Armee die dritte Offensive gegen die Budjenny-Armee in der Ukraine, nachdem in der Schlacht von Uman die 6. und 12. sowie Teile der 18. sowjetischen Armee – insgesamt 25 Schützen- und Panzerdivisionen – vernichtet und 103 000 Russen gefangengenommen worden sind:
Dicht südlich der Pripetsümpfe nahmen die deutschen Truppen nach mehrtägigen Kämpfen im unwegsamen Wald- und Sumpfgelände den wichtigen Eisenbahnknotenpunkt Korosten ein, auch die im Raum von Roslawl, 100 Kilometer südostwärts von Smolensk, eingeschlossenen sowjetrussischen Verbände wurden vernichtet.
Für die nächsten Tage ist ein Treffen des Führers mit dem Duce in Venedig vorgesehen, an dem sich auch Vertreter der übrigen Achsenmächte Ungarn, Rumänien, Bulgarien, Finnland, Kroatien und die Slowakei beteiligen sollten, um die Zusammenlegung der Armeen zu einer einzigen Kriegsmaschine und die Bildung eines Achseneuropas zu beraten.
Der Auslandsteil schließt mit einem Porträt von Reinhard Heydrich

der einem Attentatsversuch entgangen ist. Heydrich verkörpert einen typischen deutschen Lebenslauf, schreibt der Verfasser (F.H.): 1931 war Heydrich, damals 28jährig, in den Münchener Stab des SS-Füh-

rers Heinrich Himmler eingetreten als politischer Soldat (fettgedruckt), 1934 Leiter der preußischen Geheimen Staatspolizei, 1936 Chef der gesamten Sicherheitspolizei, 1941 Reichsprotektor von Böhmen und Mähren in Prag: *Jetzt hat ihn die Waffe eines Attentäters getroffen und dieser typischen deutschen (fettgedruckt) Nachkriegslaufbahn eine neue Wende gegeben.*
Ein gewöhnlicher Tag im August: die

Inlandseite

bringt eine Ansprache von Bundesrat Kobelt an die Turner zum Thema Wehrpflicht und Wehrkraft und einen Artikel *Stiehl kein Gemüse, pflanz es selbst.* In Einsiedeln ist das Paracelsus-Denkmal eingeweiht worden, im Fribourgischen hat sich eine Schar von 100 Störchen niedergelassen. Ein anonymer Lokaldichter widmet allen Krankenschwestern das ›*Schlaflied eines Kranken*‹ *als Trost in dieser schweren Zeit:* ›*Der Tag verrinnt/ wie vom Himmel der Wind/ da nackt und bloß/ Allermutter im Schoß/ die herrlich und groß,/ ich liege./ Wie Mütter doch sind:/ Sie hätscheln ihr Kind/ sprechen von Weide und Schaf/ singen Kindlein sei brav/ und rufen den Schlaf/ an die Wiege.*‹

Ein gewöhnlicher Tag:

ungewöhnlich nur die Hitze zur Sommerwende, die ein frühzeitiges Einbringen der Ernten bewirkt und

die Aussaat der Weißrüben verzögert. Eine Landfrau schreibt einen Brief an die Stadtfrauen mit Ratschlägen, wie über den nächsten Winter zu kommen ist. Der Winter beschäftigt in einem Inserat auch die Firma TRICOT-MEIER, die den Frauen wegen des anhaltenden Kohlemangels rät, mit Stricken anzufangen, und sie einlädt, zu einer *Gratis-Vorführung der Enderma-radio-aktiven-Unterwäsche. In der Schweiz hergestellt und mit Radio-Aktivität imprägniert durch die allein – konzessionierte Strick- und Wirkwaren-Fabrik Joh. Laib & Cie Amriswil ist Enderma-Wäsche jahrelang radioaktiv und infolge ihrer wohltuenden Ausstrahlungen ganz besonders zu empfehlen gegen Rheumatismus, Hexenschuß und Kreuzschmerzen. Die interessante Vorführung ist absolut unverbindlich und der Besuch sehr zu empfehlen.*
Ein gewöhnlicher Tag im August, wenig

Unglücksfälle und Verbrechen

Auf dem Kriminalgericht sind ein 23jähriger Schuhmacher wegen Diebstahls von Frauenabsätzen und ein Kurpfuscher wegen Beihilfe zu passiver Abtreibung verurteilt worden. Mitzuteilen ist ferner eine

Gewalttat auf dem Land:

In Thalheim wurde am frühen Morgen des 11. August die verwitwete 45jährige Amalie Anna Leber, geborene Mehlin, mit Messer und Sense umgebracht. Der Täter, ein 27jähriger Bauernknecht, dem Verbin-

dungen zu rechtsextremen Kreisen nachgesagt werden, konnte von der Polizei gefaßt werden. Er ist geständig. Die Tote hinterläßt drei minderjährige Töchter, die durch den tragischen Verlust ihrer Mutter nun Vollwaisen geworden sind.
Am gleichen Tag zu Tod gekommen ist im Luzernischen der 49jährige Landwirt Adolf Matzenauer-Locher, *er wurde beim Melken von einer Kuh am Körper so schwer getroffen, daß er über den Milchkessel hinweggeworfen wurde, mehrere Rippen brach und diesen erlittenen Verletzungen einige Zeit später erlag.*

August 41: Sommerwende.

Melzer legte die Zeitung aus der Hand, naßglänzendes Laub draußen auf den Rasenflächen vor dem Archiv, streunende Hunde, die Duftmarken setzten. Wassertropfen an der Dachrinne. Im Saal die Gesichter in Bücher vertieft, hoch die Stapel auf den Pulten, Stifte, die über das weiße Papier streiften, Zitate und Zettelkästen, um habhaft zu werden all des Vergangenen, vorn die Zeitungen an den Haken: Schlagzeilen, Kommentare, Meldungen.
Weiterer Rückgang des Aktienhandels, Absinken des Dollarkurses, Abrüstungsverhandlungen, Streiks in der Metallindustrie, zunehmende Arbeitslosigkeit: ein Herbsttag im Jahre 87.
Von den Plakatwänden die Leitsätze zum eidgenössischen Wahlherbst. Die Parolen der Politiker aller Parteien wurden grüner, treu blieb sich nur die Schweize-

rische Aktion (SA): *Stopp dem Asylantenstrom! Die Schweiz den Schweizern. Schluß mit der Überfremdung durch die Ausländer.*
Wir Schweizer, hatte ein SA-Parlamentarier in einem Interview erklärt, *sind von Hautfarbe und vom Körperbau her eindeutig eine europäische Rasse. Durch Einflüsse aus Asien und Afrika ist unsere Schweizer Rasse jedoch bedroht. Wenn ein Schweizer eine Negerin heiratet, dann gehören seine Kinder nicht mehr zu unserer Rasse.*
Für eine saubere Schweiz ohne Ausländer und Wirtschaftsflüchtlinge: wählt SA. Gewöhnliche Tage im Herbst, ungewöhnlich nur das Wetter, ein kalter Nordwind, früher Schnee in den Alpen, Frostwarnungen.
Melzer schüttelte den Kopf.
Er würde hier nicht mehr leben können.
Wie war er als Kind stolz gewesen auf dieses Land. Schneeberge, Rotes Kreuz, Unabhängigkeit, Freiheit. Der Mythos von der ältesten Demokratie. Ein einig Volk von Brüdern.
Land für Verfolgte aus aller Welt.
Das war lange her.
Das Wissen kam später: zweifelhafte Waffen- und Bankgeschäfte, Streben nach Profit. Ein Land von Kleinkrämern und Besitzbürgern. Infiziert von Reichtum, Geiz und Kleinlichkeit.
Nicht mal mehr der Schnee war weiß.
Worauf sollte man noch stolz sein?
Die Vergangenheit?

16

Den Buchhändler Maus, ja freilich habe er den gekannt.
– Wer hat ihn nicht gekannt?
Der Alt-Staatsarchivar zog eine Schachtel Brazil aus der Schublade, klaubte umständlich eine Zigarre heraus.
– Warum wollen Sie das wissen?
– Persönliche Interessen, eine Familienangelegenheit.
Der Alt-Staatsarchivar blieb mißtrauisch.
Sein Vater, sagte Melzer, habe ihm vom Herrn Staatsarchivar erzählt, er habe unter ihm Dienst getan, 39, Grenzbrigade 5, Schwaderloch.
Die Miene des Alt-Staatsarchivars hellte sich auf.
Dann sei er der Sohn des Gefreiten Melzer, dem Robert, von der Kompanie 56.
Melzer nickte.
– Ja, den hab ich gut gekannt im Aktivdienst, Grenzbesetzung, anno 39–45.
Ruhig ließ Melzer den Exkurs über den Aktivdienst über sich ergehen. Das Thema war beliebt und ebensowenig von Männerrunden – sei es am Stammtisch, beim Fußball oder einem Leichenmahl – wegzudenken wie die alljährlich wiederkehrenden Veteranentreffen ausgemusterter Wehrpflichtiger, die bei Bier und Wein Militärdiensterinnerungen auffrischten.
Für den Maus interessieren Sie sich also, sagte der Alt-Staatsarchivar nach seinem Exkurs über die soldatische Vergangenheit der Kompanie 56.

– Ja, der Mann ist eine sonderbare Nummer gewesen. Die Schwester meiner Frau, die Mathilde, und ihre Freundin, die Erika, die später selber Bücher geschrieben hat, die haben eine Zeitlang beim Maus gearbeitet. Gauleiter hat er sich genannt: Gauleiter Schweiz. Die Mathilde hat das selber einmal auf einer Quittung gesehen, sechsunddreißig oder siebenunddreißig muß das gewesen sein. Da hat man den Maus bereits zu meiden begonnen. Aber er hat halt auf einflußreiche Freunde zählen können, Leute von den Fronten und Mitunterzeichner der Eingabe der Zweihundert, die die Schweiz dem Hitler verkaufen wollten.
Ein braunes Nest mitten in der Kantonshauptstadt.
Der Alt-Staatsarchivar seufzte.
Aber darüber hat man nach dem Krieg nicht mehr geredet. Man war davongekommen und konnte die Vergangenheitsbewältigung den Deutschen überlassen.
Maus war das Gehirn des braunen Monsters.
Er hat in seinem Laden die gesamte Naziliteratur geführt: Rosenberg, Grimm, Moeller van den Bruck. Er hat damals auch Bücher ins Ausland gesendet, an die Königin von Holland und an den Duc de Guise, der auch in Holland gewohnt und mehrmals den Maus in der Schweiz besucht hat. Wenn der Duc auftauchte, hat der Maus den Laden zugemacht und seinen Angestellten frei gegeben.
Das hat die Mathilde erzählt. Gewußt haben es viele.
Der Alt-Staatsarchivar hüstelte.
Sie war eine gewissenhafte Frau, die Mathilde. Ihr

war nicht geheuer bei dem, was der Maus trieb. Alle diese Nazi-Dichter zuvorderst im Gestell: Johst und Kolbenheyer, für den er sich am meisten begeistert hat, aber auch Jünger und Hamsun. Und mit dem für die Nazis schwärmenden Dichter Jakob Schaffner, der damit prahlte, direkte Kontakte zum Führer zu haben, ist der Maus persönlich bekannt gewesen. Schaffner und andere Vertreter der NBS, der nationalen Bewegung der Schweiz, sind ja 1940 vom Bundespräsidenten empfangen worden, um für die Schweiz eine Lösung im neuen Europa zu suchen.
Den Wiechert hat der Maus einmal zu einer Lesung eingeladen, ihn als urdeutschen Dichter gepriesen und ihm zum Abschied eine Musikdose geschenkt, weil der Wiechert vernarrt gewesen ist in Musikdosen. Wenig später ist der Wiechert aber dann selbst nach Buchenwald gekommen.
Alte Geschichten.
– Warum interessiert Sie das überhaupt?
Der Alt-Staatsarchivar sah Melzer fragend an.
Man hat den Maus viel zu lange gewähren lassen, weil seine Freunde ihn gedeckt haben. Überhaupt sind die Machenschaften der Nationalsozialisten und ihrer Sympathisanten in der Schweiz lange geduldet worden, aus Angst und Opportunismus. Der Maus hat das ausgenützt, sagte der Alt-Staatsarchivar, vor allem die als Sportgruppen getarnten Schweizer SS-Formationen hat er unterstützt. Erst 41 oder 42 bekam Maus Landesverweis. Er soll dann Korvettenkapitän auf dem Panzerkreuzer Deutschland geworden sein. Nach dem Krieg versuchte er übrigens in die

Schweiz zurückzukehren, um der Entnazifizierung zu entgehen. Er wollte wieder als Buchhändler tätig sein, bat die Mathilde, ihm seinen Irrtum zu verzeihen und ihm zu einer Aufenthaltsbewilligung zu verhelfen. Davon wollte die Mathilde nichts wissen. Der Maus soll es irgendwie dann doch geschafft und im Tessin Unterschlupf gefunden haben, wie andere Nazis auch.

Der Alt-Staatsarchivar steckte seine Brazil in Brand, paffte heftig.

– Sie können das Material über die Sportgruppen haben, wenn Sie sich dafür interessieren.

Er sei ohnehin zu alt, fügte der Alt-Staatsarchivar bei, um noch darüber zu schreiben.

Ob der Maus auch Verbindungen zur Thalheimer Sportgruppe gehabt habe.

Das könne schon sein.

Aber warum er gerade auf die käme?

Der Alt-Staatsarchivar runzelte die Stirn.

Seine Mutter habe da mal etwas erwähnt, Kronig, Alfred Kronig. Ob er den Namen kenne?

Kronig?

Der Alt-Staatsarchivar strich sich über den Kopf.

– Das war doch jener junge Mann, der als Mitglied der Sportgruppe einen sinnlosen Mord beging und zudem an Anschlägen auf jüdische Emigranten beteiligt war, Aktionen, wie sie von Sportgruppen in jenen Jahren hin und wieder unternommen wurden.

– Ein trübes Kapitel. Emigrantenfeindlichkeit, Antisemitismus. Man spricht nicht gern davon, auch heutzutage nicht.

Der Alt-Staatsarchivar zog langsam an seiner Brazil, bot Melzer eine an.

Antisemitismus war nicht nur eine Angelegenheit der Sportgruppen und der Frontisten. Juden sah man im Kanton nicht gern. Jüdische Emigranten, die nicht eine hohe Kaution hinterlegen konnten, fanden keine Aufnahme. Mittellose Flüchtlinge wurden registriert, in Arbeitslager eingewiesen oder abgeschoben. Aber man förderte auch die Abwanderung von bemittelten Juden, vor allem die Ausreise ins unbesetzte Frankreich. Und wo der sanfte Druck nichts fruchtete, halfen eben die Sportgruppen und andere Frontistenorganisationen nach. Sie wußten um Sympathisanten in den Behörden und in der Armee. Ein Freund von Maus, Oberstdivisionär und Nationalrat, hat sogar einmal öffentlich Juden als politische Gewandläuse bezeichnet und sich dafür ausgesprochen, Schweizer Frauen, die sich mit Juden einließen, kahl zu scheren.

– Wer will das heute noch wahrhaben.

Nur rund 250 Juden durften während des Krieges im Kanton bleiben, etwa 9000 in der ganzen Schweiz, wenig, wenn man bedenkt, daß die politischen Umtriebe von rund 16000 wehrpflichtigen Deutschen im Dienste der SS geduldet wurden. Die restriktiven Maßnahmen der Behörden gegenüber den jüdischen Emigranten verstärkten sich im Laufe der Jahre 40 und 41. Juden wurden noch immer nicht als politische Flüchtlinge anerkannt, obwohl schon 1939 in Zeitungsartikeln von Massentötungen die Rede war. Noch 1942 weigerte sich das aus prominenten

Schweizer Persönlichkeiten bestehende Internationale Komitee vom Roten Kreuz in Genf, das über die Massenhinrichtungen sehr detailliert informiert war, diese aus Furcht vor einer deutschen Invasion öffentlich anzuprangern. Mutig war man wahrlich nicht in diesem Land.

Und doch wies man nach dem Krieg mit Stolz auf die Flüchtlingspolitik hin, erwähnte die vielen Künstler, die Zuflucht gefunden hatten.

Der Rauch der Brazil trieb Melzer den Schweiß aus den Poren.

Auch nur die, die angesehen waren und auf Protektion zählen konnten, andere hatten es da schwerer. Die Else Lasker-Schüler, um die sich die Mathilde sehr bemüht hat, wurde in einem Zürcher Park von der Polizei aufgegriffen und wegen Vagantentums verurteilt. Eine Erwerbstätigkeit als Dichterin wurde ihr von der Fremdenpolizei verboten. Sie reiste noch vor dem Krieg nach Palästina aus. Nur ihre Koffer blieben in der Schweiz. Emigrantenschicksal.

– Gewiß gibt es auch andere Beispiele, immer wieder haben sich Einzelpersonen, oft unter großer Gefahr, für Flüchtlinge eingesetzt, aber die Angst vor Überfremdung war in breiten Teilen der Bevölkerung groß und führte oft zu einer übertriebenen Abwehrhaltung, zu Neid, Mißgunst und Fremdenfeindlichkeit, ein Klima, das frustrierten Kleinbürgern, Fanatikern und intoleranten Halbgebildeten, wie sie sich in modernen Industriegesellschaften immer finden, Auftrieb gab und sie für kurze Zeit an die Oberfläche des politischen Geschehens trug. Das war hierzulande

nicht anders als in Deutschland, nur mit dem Unterschied, daß der politische Ernstfall nicht eintrat und einem ganzen Volk die Prüfung erspart blieb. Das ist kein Grund, stolz zu sein. Politische Gruppen, die auf diesen Ernstfall hofften, gab es genug.
Der Alt-Staatsarchivar schob Melzer den Aschenbecher zu.
Leute, wie dieser Maus, welche die Fäden zogen, standen überall bereit, glaubten nach der Niederlage Frankreichs an ihre Stunde, fanden Mitläufer und willige Werkzeuge, die sich leicht lenken ließen.
Der Alt-Staatsarchivar folgte mit den Augen den Rauchkringeln, die über dem Pult schwebten.
So eine kleine Nummer war dieser Kronig, ein armer Teufel, ungebildeter Bauernbursche, der sich mitreißen ließ und von den Verantwortlichen dann im Stich gelassen wurde. Eine tragische Figur.
– Ein Mord, der viel zu reden gab, die unsinnige Tat eines Mitläufers.
Der Alt-Staatsarchivar hustete, wischte mit der Hand durch den Rauch, legte die Brazil in den Aschenbecher. Viel sei da nicht zu entdecken.
– Kein Dokument dringt in den Kopf des Täters vor. Leider.
Der Alt-Staatsarchivar wischte ein Aschehäufchen vom Tisch.
Er bedaure.
Melzer wehrte ab, legte die ausgebrannte Zigarre in den Aschenbecher.
Der Alt-Staatsarchivar reichte Melzer die Hand.
– Man sollte eine Brazil nie ausgehen lassen.

Melzer nickte.
Draußen war es schon dunkel, als Melzer das Haus verließ.
Ja, Mutter, es war ein gewöhnlicher Tag im August. Sommerwende, und dein Alfred Kronig ein mieser kleiner Mitläufer.
Bloß ein verlorener Mensch, hast du gesagt.
Ein Zufall, oder was man gelegentlich etwas hilflos Schicksal nennt, hatte ihn deine Lebensbahn kreuzen lassen, sie verändert, ein wenig verbogen vielleicht, unmerklich, aber doch spürbar über die Jahre hinweg, ein Leben lang.
Dein Leben, Mutter.

17

Simon Levy aus Lemsal. Der Katzenhubler. Der Hebräer. Alle haben ihn den Katzenhubler genannt. Nur für sie war er Simon. Simon Levy.
Melzer betrachtete das Foto.
Sie hat Simon sehr gemocht. Und wär er geblieben, wär vielleicht alles ganz anders gekommen.
Sie hat ihn geliebt.
Noch immer fällt es ihr schwer, darüber zu reden.

Sie ist Simon Levy begegnet, als ihre Mutter noch lebte. Mit ihr konnte sie über Simon reden. Sie tat es oft.
Ein Heimatloser war er für sie. Ein Versprengter, dachte sie manchmal, einer, dem alles abhanden gekommen ist –

Sie ist noch jung, will nicht an die Zukunft denken, an die Pflichten, die auf sie warten und sie noch früh genug einbinden in die Norm eines geregelten Lebens.
Sie hat noch Zeit.
Sie ist ein Mädchen von achtzehn Jahren; sie will noch lange nicht heiraten, besonders, wenn sie an diese ungehobelten Dorfburschen denkt, Bauernburschen die meisten, die abends auf dem Dorfplatz den Mädchen auflauern und ihre anzüglichen Sprüche klopfen. Wenn sie sich vorstellt, einem von denen den Haushalt machen zu müssen, seine verschwitzten Hemden und wollenen Socken zu waschen, kommt

ihr das Ledigsein geradezu paradiesisch vor. Und sie begreift die Schwestern nicht, die schon in festen Händen sind: Myrtha bei ihrem Bankbeamten und Clarissa beim Dachdecker. Sie sprechen dauernd vom Heiraten und legen alles Geld für die Aussteuer zurück, kaufen Bettwäsche und Handtücher, besticken sie mit ihren Initialen.
Und ständig liegen sie sich darüber in den Haaren, welcher Mann die bessere Partie sei, der Bankier oder der Dachdecker. Ganze Listen legen sie an mit den Vorzügen des einen und den Lastern des andern. Sie halten sich diese Listen solange unter die Nase, bis die eine weinend das Zimmer verläßt und die andere sich triumphierend ihrer Stickerei zuwendet. Sie lacht, wenn der Streit zwischen Myrtha und Clarissa in wüstes Geschrei ausartet oder gar zu Handgreiflichkeiten führt.
Die Schwestern sind unermüdlich im Erfinden von immer neuen Übernamen für den Verlobten der jeweils andern. Und die Mutter muß immer wieder schlichtend und beschwichtigend einschreiten. Helen möchte keinen von beiden; weder hat sie eine besondere Vorliebe für den Geldhandel noch für die Dachdeckerei. Sie fühlt sich in ihrem Ledigsein wohl.

Erst der Tod der Mutter wird das ändern.
Noch lacht Helen mit ihrer Mutter über das Tun der Schwestern, nicht bösartig oder schadenfreudig, das hätte ihre Mutter nie geduldet, aber scherzend. Sie und ihre Mutter sind sich sehr nahe, eine Nähe, die wenig Worte braucht und ihr das Gefühl des Aufge-

hobenseins gibt. Um so tiefer ist dann der Riß, den Mutters Tod verursacht.
Auch Helen sind die Männer nicht gleichgültig. Diesen und jenen Schwarm hat sie schon, nicht so richtig, nur so zum Träumen, zum Schwärmen eben.
Simon Levy aus Lemsal –
Sie hob die Hand, lächelte Melzer zu.
Sie ist noch einmal das junge Mädchen, das durch Sommerwiesen hüpft, Blumenkränze in sein Haar flicht und mit den Bäumen spricht, als wäre die Erde leicht und nur zum Träumen.

Simon

Er hat damals im Dorf gewohnt, aber er ist ein Fremder geblieben, seine Sprache anders als die der Leute im Tal, spitzer die Laute, heller, und doch irgendwie vertraut, nicht fremdartig jedenfalls. Er spricht sie einmal, als sie auf dem Heimweg ist, unvermittelt an, aber so zaghaft und scheu, daß sie gar keine Angst verspürt und ihn reden läßt. Viel sagt er nicht bei dieser ersten Begegnung, aber seine Hände kann sie sehen, kleine Hände, fast zu zierlich für einen Mann, aber sie machen ihn sympathisch, sein schmales Gesicht mit den großen Augen paßt zu diesen Händen. Verschreckt kommt ihr der Ausdruck seines Gesichtes vor, als habe sich Angst darin verfangen und Trauer, eine Verletzlichkeit oder Verletztheit, und doch eine seltene Wachheit, Lebendigkeit.
Schwärmt sie noch immer?
Auf jeden Fall wirkt er so ganz anders als die Bauern-

burschen im Dorf mit ihren kräftigen Armen und dem etwas hölzernen Benehmen, das etwas Derbes und Ungeschlachtes hat, das sie zurückschrecken läßt, obwohl sie weiß, daß manch einer unter ihnen ein anständiger Kerl ist. Aber so recht gefällt ihr doch keiner. Außer dem Simon.

Fast jeden Abend ist er da, geht die paar Schritte von der Busstation bis zum Haus neben ihr her und verschwindet dann wieder im Dunkeln.

Manchmal erzählt er ihr Geschichten, bringt sie zum Lachen mit seinen komischen Einfällen. Manchmal spricht er nur wenig, er hört ihr zu, während des kurzen Weges, den sie gemeinsam gehen. Und manchmal sprechen sie gar nicht, schlendern schweigend nebeneinander her.

Jedesmal nimmt er ihre Hand. Wie selbstverständlich. Hält sie fest in der seinen, bis er weggeht, ein paar Meter vor dem Elternhaus. Er fürchtet, vielleicht nicht willkommen zu sein. Die im Unterdorf, im Katzenhubel, sind bei niemandem im Dorf willkommen. Die Katzenhubler nennt man sie. Die Hebräer oder einfach die Juden. Sie wohnen, drei oder vier Familien mit unzähligen Kindern, eine Sippe munkelt man und ereifert sich über die ungeordneten Zustände, in einem alten Bauernhaus. Es gilt in der Gemeinde als Schandfleck: die Judenbude. Sie bauen es mehrfach um, legen Lagerschuppen und zusätzliche Vordächer an. Eher eine Bude oder Bruchbude als ein Haus. Das muß sie zugeben. Auch die Unordnung um das Anwesen herum kann sie nicht leugnen. Stapel von Alteisen, verrostete Fahrradgestelle und zer-

beulte Eimer, verrottetes Zaumzeug und Pferdesättel. Damit treiben sie Handel. Bieten Occasionen aller Art zum Verkauf an. Alte Gewehre, Haushaltsgegenstände, landwirtschaftliche Geräte. Sie sammeln alles, was ihnen in die Hände fällt. Ziehen damit auf die Jahrmärkte, preisen es zum Verkauf an. Sie wollen überleben.
Das liegt denen im Blut, heißt es.
Keiner im Dorf kauft bei denen. Ein ungeschriebenes Gesetz.
– Die hauen dich bloß übers Ohr.
– Man kennt die ja.
Laut sagt es keiner. Hinten herum schon.
Kleinhandel: er reicht für die Familien im Katzenhubel. Gemüse ziehen sie selber. Judenfutter. Und Hühner haben sie auch.
Einer regelmäßigen Beschäftigung geht keiner der Katzenhubler nach.
– Das paßt denen nicht.
– Und überhaupt: warum sind die bloß da?
– Die hat keiner gerufen.
Fremde sind sie, Einwanderer, Rückwanderer, die sechsunddreißig oder siebenunddreißig in die Schweiz gekommen sind, Flüchtlinge aus dem Baltikum, das sie aus Angst vor den Nationalsozialisten verlassen haben. Nur dank der Fürsprache des Pfarrers und sehr zum Mißfallen des Gemeindeammanns haben sie bleiben können. Bedürftige, sagt der Pfarrer, Fremde, brummelt der Gemeindeammann. Juden, schnöden die Leute.
Die sollen dahin zurück, wo sie herkommen, heißt es

im Dorf, der Hitler wird mit solchem Pack schon aufräumen. Es herrscht wieder Ordnung in Deutschland. Es wird durchgegriffen und geht aufwärts. Das könnte auch hierzulande nicht schaden.
Nächstenliebe, mahnt der Pfarrer, Gefühlsduselei, mauschelt der Gemeindeammann.
Auch in der Schule sind die Katzenhublerkinder ein Dauerärgernis. Fast in jeder Klasse sitzt eines, in einzelnen Klassen gleich zwei.
Die vermehren sich eben wie die Kaninchen, sagt man und ereifert sich über Inzucht und Unzucht. Auch in Helens Klasse, der letzten vor dem Schulabgang, saß eines der Katzenhublerkinder, ein Mädchen, Sara, das durch seine schmutzigen Hände auffiel. Aufgefallen sind alle Katzenhublerkinder. Diese Kleidung und erst das Benehmen. Auf dem Pausenplatz bilden sie immer eine Sondergruppe, die kaum mit andern Kindern ins Gespräch kommt. Man will mit denen nichts zu tun haben. Fremde. Anders sind sie. Die Knaben tragen immer Hüte, breitrandige Filzhüte, tief in die Stirn gezogen. Etwas verrückt vielleicht und sonderbar.
Und ausgerechnet einer der Katzenhubler hat ihr den Hof gemacht.
Sie hat eben ihre Lehre im Nachbardorf angefangen, kehrt am Abend mit dem Postauto zurück. Er steht an der Busstation, etwas versteckt im Schatten eines Baumes, nähert sich, grüßt und fragt, ob er sie ein wenig begleiten dürfe, nur ein paar Schritte. Er bleibt an ihrer Seite, nicht aufdringlich. Er fängt einfach zu erzählen an, von sich und von seiner Familie, von der

Gegend, aus der sie gekommen sind. Hoch oben im Norden haben sie gewohnt, im Memelland, wohin sein Großvater einst ausgewandert ist, und später in Lettland. Landwirtschaft haben sie betrieben, zuletzt in einem kleinen Dorf in der Gegend von Lemsal in der Livländischen Schweiz, der Vidzemes Sveice. So nennt man diese Gegend.

Simon Levy

Abend für Abend wartet er auf sie, bummelt neben ihr her und erzählt. Manchmal singt er sogar Lieder im Dialekt seiner baltischen Heimat. Sie kommen Helen schwermütig vor, die Verse von den Bächen, Flüssen und Strömen dieser Gegend. Fremdartig die Namen der Bäume, Sträucher und Tiere; vom Kalmus, vom Haselhahn, von den Kranichen in den Mooren singt Simon, von den Kätnern, Scherenschleifern und Leierkastenmännern, von den Marktfrauen, die mit Zubern, Fässern und Mulden hantierten, von den Flößern auf der Düna, die beim Einnachten an den Ufern des Stromes ankerten und ihre dunklen Gesänge anstimmten, von den Sprossen und Berkassinen in den Birkenwäldern der Hochebenen Lettgallens und Kurlands.

Gern hat sie ihm zugehört.
Sie sagte es mit einer nachdenklichen Bestimmtheit. Etwas Schelmisches schwang in ihrer Stimme mit, als würde sie die Heimlichkeit von damals noch einmal genießen.

In Simon Levys Schilderungen entsteht das Bild eines verträumten Landes. Vielleicht hat er es nur aus Schmerz und Sehnsucht so verklärt. Deutlich glaubt sie in seinen Versen und Liedern, im Ton seiner Stimme das Heimweh herauszuhören, ein Verlangen, so ist es dem Mädchen vorgekommen, nach diesen weiten Ebenen, den Flüssen und Tälern einer verlorenen Heimat.

Von Riga erzählt er, von seinen langen Spaziergängen auf dem Dünakai, wo er den Strom hinunter geblickt hat bis zur Weißen Kirche. Das Ufer entlang die unzähligen Buden der jüdischen Händler, die oft noch den schwarzen Kaftan getragen haben, vertäut die Schiffe, neben den Dampfschiffen, noch alte Zwei- und Dreimaster und unzählige der flachen mastlosen Boote, den »Strusern«, auf denen die Bauern im Frühling Flachs und Getreide aus den ostkurischen, lettgallischen und russischen Provinzen nach Riga gebracht und in den großen Speichern am Hafen gelagert haben.

Simons Land. Hat sie davon bloß geträumt?

Die Winter, in welchen der Strom sich in eine mächtige Eisfläche verwandelt hat, durchzogen von den dunklen Bändern der eingefahrenen Wege, auf denen die Schlitten geklingelt haben. Auf dem Eis des Stroms ist im Winter der Holzmarkt gewesen, Bauern in weißen Schafspelzen oder langen grauen Röcken und Pelzmützen auf den Köpfen haben mit Schlitten die Hölzer aus den Kiefernwäldern, aus den Moränengebieten am Oberlauf der Düna und aus den Sümpfen des Ewsttales herangeführt und verkauft.

Und immer haben dunkle Scharen von Krähen das Eis bevölkert.
Kanonenschüsse haben im Frühling das Brechen des Eises angekündigt, ein faszinierendes Schauspiel ist das gewesen; rauschend und tosend haben sich die mächtigen Eisschollen übereinandergeschoben, sich aufgetürmt, umspült von den quellenden Wassermassen, die den Strom haben anschwellen lassen. Wochenlang haben manchmal riesige Eisschollen noch auf dem Kai gelegen, mächtige Blöcke mit schneidenden Kanten.
Simons Leben.
Das Nebeneinander der Völker und Religionen, Letten, Russen, Deutsche, Juden, Polen, Esten. Jede Gruppe hat ihre Eigenart bewahrt und gelebt. Bräuche. Das russische Osterfest. Die russischen Leichenzüge. Die Gottesdienste in russischen und jüdischen Kirchen. Das jüdische Passahfest, mit den siebenarmigen Leuchtern auf den Tischen der jüdischen Wohnstuben. Die Fastenzeit, der die Schlemmerei der Butterwoche mit billigem Kaviar und Stopfkuchen vorausgegangen ist.
Simons Stadt.
Die außenhängende Glocke der Jakobikirche. Der Pulverturm. Die buntbemalte Holzfigur des Heiligen Christophorus, der in einem Wetterhäuschen an der Straße des Dünakais über die Brücken gewacht hat.
Stundenlang hätte sie Simon Levy zuhören können. Vielleicht mag sie ihn auch deshalb so sehr, weil sie in allem, was er mitteilt, dieses Sehnen spürt, in seinen Gesten, im Tonfall seiner Stimme. Ihr kommt es

manchmal vor, als wäre sein ganzes Wesen nichts als Sehnen.
Oft spricht er von der Rückkehr als dem einzigen Ziel seines Lebens.
Er möchte sie mitnehmen.
Das deutet er mehrmals an, scheu und verlegen, mit einem Zittern in der Stimme, als fürchte er eine Absage. Sie geht nie auf seine Andeutungen ein, aber sie wecken eine Hoffnung in ihr, eine Sehnsucht nach der Ferne, die sie seit früher Kindheit in sich trägt. Da hat sie manchmal Zeichnungen von fernen Ländern gemacht, hat irgendwo in eine Landschaft ein Haus gestellt, in dem sie hätte wohnen wollen.
Jugendträume.

Die Schwestern lachten sie oft aus. Die hatten schon ihre Bräutigame, Männer mit beruflicher Sicherheit und guten Aussichten.
Sie hatte bloß ihre Träume. Ein unbestimmtes Fernweh, das sie ruhelos machte. Nur zur Mutter sprach sie manchmal davon und glaubte aus ihren Worten zu spüren, daß sie verstand.
Doch wie wäre mit Träumen zu leben –
Die Sümpfe und Moore Kurlands, die sie nur ahnt, die Grasniederungen der Dünamündung und die kargen Ebenen zwischen den Moränenhügeln – Wörter für die Hoffnung, einmal aus diesem Dorf fortzukommen.
Von dem, was er seine Heimat nennt, spricht Simon immer wieder. Von den langen Wegen am Fluß, von den Vogelscharen, die dunkel über den Birkenwäldern

dahingleiten, den Schnepfen, Wachteln, Schneehähnen und wie diese Vogelarten alle heißen.
Und von den wöchentlichen Fahrten mit seiner Mutter, Miriam heißt sie, nach Riga auf den Markt, auf dem Zweiräderkarren, vollgeschichtet mit Gemüse und Früchten, diese Fahrten über die Chaussee durch die anbrechende Dämmerung, hinein in die Morgenfrühe, der kühle Fahrtwind im Gesicht, und fern, als dunkle Silhouette zuerst, dic Stadt, der schlanke Zwiebelturm der Petrikirche, die ovale Kuppel des Doms und der spitze Turm der Jakobikirche, der Rauch aus den Kaminen der Ziegeleien der Arbeitervororte Altona und Torestenberg.
Und später das Treiben auf dem Markt; die Frauen hinter den Gemüsebergen, die jüdischen Händler in ihren Kaftanen, die Fischer, die Butte, Strömlinge und Bärtlinge feilbieten. Russen, die Schnitzereien, Webereien und Kattun anpreisen, der auch zum Eierfärben an Ostern sich eignet.
Simon kann nicht aufhören.
Simon der Träumer aus dem Norden.
Jenseits der Düna ist seine Welt, das kleine Dorf im Gauja-Tal, in dem sie gelebt haben, unweit von Lemsal, am Rande des westlivländischen Höhengebietes.
Wieder nestelte sie in den Fotos, legte sie vor sich aus wie ein Puzzle, strich die aufwärtsgerollten Ecken glatt: Schwarz-Weiß-Bilder mit zierlichen Rändern, alt und brüchig das Papier, wasserfleckig –
Vielleicht liebt das Mädchen den Katzenhubler gar nicht. Jung, schwärmerisch, unerfahren, voll von

Träumen und großen Erwartungen – liebt sie nur sein Sehnen nach einer verlorenen Welt.
Hier in der Schweiz kann ich nicht leben, sagt Simon. Hier ist er bloß der Jud. Der Hebräer. Der Fremde. Geduldet. Leidlich. Gemieden. Belauert. Überwacht. Das spürt er. Unsere Juden, sagt man. Schmarotzer, flüstert man, Nutznießer. Profiteure. Eine Last in dieser Zeit. Eine Plage.
Er kann das nicht mehr hören. Weicht den Leuten aus. Kronig hat ihm gedroht. Rassenschande.
Die Menschen sind jetzt zu allem fähig.
Helen will es nicht glauben.
Wir sind ein freies Land.
Simon schüttelt den Kopf.
Hier bin ich niemand. Das sagt er oft.
Für sie ist er alles.
Alles, was sie hofft – alles, was sie liebt.
Darf man träumen wie er?
Dem Mädchen gefällt es. So einen kannte sie nie. Wird sie nie wieder kennen.
Und seine Hoffnung wird auch ihre Hoffnung.
Wegfahren mit Simon; wie eine kleine Flamme nährt sie diese Hoffnung. Erzählt niemandem davon. Das gehört nur ihr. Heimlich liest sie Bücher über Lettland und Riga, merkt sich die Namen der Flüsse und Städte. Sie klingen fremd in ihren Ohren und dennoch vertraut: Mitau und Windau, Lemsal und Subate, Bauska, Schlock und Frauenburg, Wenden, Tukkum, Griva, die Düna, die Memel, die Aa und der Ewst. Sie stellt sich vor, wie sie durch diese weiten Ebenen geht, über Straßen und Plätze, mit den Leuten

redet in diesen sonderbar fremden Lauten, die sie aus dem Wörterbuch kennt: Rezekne, Psow, Usmars Ezers, Austrumu Vidzemes augstiene...

Einmal bringt ihr Simon ein Buch über das Backen in Lettland, Rezepte über *Milchkringel, Pfeffer-, Eier-* und *Kröpelkuchen*. Typische Brotformen und -namen sind beschrieben, unzählige Kringelarten. Simon schwärmt vor allem von den *gelben Kringeln*, die, mit Safran gefärbt und mit Rosinen und Mandeln geschmückt, ein Festtagsgebäck sind. Die liebt er. Über alles. Und lacht. Aber auch die russischen Weißbrote, die *Kalatsch*, und die aus ungesiebtem Weizenmehl hergestellten und geflochtenen *Judenbrote* sind beschrieben. Das beeindruckt sie auch deshalb so sehr, weil es jetzt, zur Kriegszeit, in der Schweiz nur eine einzige Brotsorte, das dunkle Volksbrot, gibt. Sie amüsiert sich auch über die lustigen Namen der lettischen Brote: *Entenkuckel, Bäckerseele, Ankerstock, Platenkringel, Polkaschlächter, Biernickel, Schmantkuchen,* oder die als *Strumpfsohlen* bezeichneten Süßsauerbrote aus Roggenmehl. An den unzähligen Brotarten und verschiedenartigen Rezepten könne man die ganze Vielfalt der Völkertraditionen Lettlands ablesen, belehrt Simon sie, ein kleines Land, in dem so verschiedenartige Völker und Volksbräuche im Lauf der Jahrhunderte zusammengekommen sind. Das fasziniert ihn. Darum kann er nicht verstehen, warum man in der Schweiz alles Fremdartige so fürchtet und so bemüht ist, das typisch Schweizerische zu bewahren.

Das Schweizerische; davon ist viel die Rede in dieser Zeit, am Radio, in den Zeitungen, in den Aufrufen der Behörden. Stolz muß man sein auf diese Eigenart und geistige Größe, die gewachsen ist durch die tapferen Kämpfe der Vorfahren, die kein Opfer gescheut haben für das Vaterland. Das weiße Kreuz im roten Feld. Und jedem wird es zur Pflicht, diese Eigenart vor artfremden Einflüssen zu schützen. Halt bieten der Überflutung durch zweifelhafte fremde Elemente. Das ist das Gebot der Stunde.
Zusammenhalten, einig sein: ein Volk, ein Land, eine Seele.
So wird es in Reden beschworen, so hört man es täglich, so spricht es jeder nach. Am Stammtisch, in der Kirche, beim sonntäglichen Platzkonzert vor dem Schulhaus: ein einig Schweizervolk, das seine Heimat liebt, das zusammensteht gegen den Feind aus dem Norden, gegen die Fremden. Die Wühlmäuse. Die Saboteure.
Diese Sprüche machen Simon Angst.
Das sagt er ihr. Und daß er sich fürchtet. Sie möchte ihm helfen. Und weiß doch nicht wie. Aber sie ahnt, daß er recht hat. Sie hat mit ihren Schwestern die nationale Landesausstellung, die *Landi*, besucht, am Zürichsee. Auch da ist der Schweizergeist beschworen worden. Das Vaterland Schweiz als heilige Erde besungen von Trachtengruppen, Jodelchören und Alphornbläsern. Der Höhenweg der Schweiz.
Mit Clarissa und Myrtha, die beide im Turnverein gewesen sind und deshalb gratis haben reisen können, hat sie am offiziellen Kantonaltag der Landi teil-

genommen. Im Extrazug sind die Schwestern mit all den Vereinen, Musik- und Trachtengruppen, Turnvereinen und Kadettenkorps mitgefahren. Sie haben das kantonale Festspiel *O userwelte Eidgenossenschaft* besucht. Vom Ruf der Heimat ist da die Rede gewesen, dem es zu folgen gelte, vom nationalen Gottesdienst, dem jeder sich anzuschließen habe, eine vaterländische Pflicht in schwerer Zeit.

Ihr hat das damals großen Eindruck gemacht: junges Ding, das sie war. Was wußte sie schon von Politik?

Aber Simon schüttelt bloß den Kopf, als sie ihm einmal davon erzählt. Diese nationale Schau will ihm nicht gefallen.

– Weil man damit doch auch alles Fremde als verdächtig aussperrt. Als feindlich.

Ihm sei nicht wohl dabei, er fürchtet diese nationalen Parolen, die klingen feindlich in seinen Ohren.

Laut darf er das nicht sagen.

Denn auch im Tal geben die aufrechten Eidgenossen den Ton an und oft genug wird über die Fremden geschimpft: Judenpack. Das hört man hin und wieder. Hinter vorgehaltener Hand. Auch Alfred gehört zu denen, die Bemerkungen machen.

Diese Juden, giftelt er.

Sie hört das Drohende in seiner Stimme. Sie hat Angst, Alfred würde sie einmal mit Simon sehen. Gewußt haben muß er es ja. Verborgen bleibt nichts in einem kleinen Dorf. Auch den Schwestern nicht. Aber die lassen sie.

Von Alfred gesehen werden; sie zittert bei dem Gedanken.

Vielleicht verbindet sie das noch enger mit Simon. Auf Gedeih und Verderb.
Und die Mutter steht ihr bei gegen das Gerede.
Gewäsch, sagt sie.
Simon geht den Leuten aus dem Weg.
Er klammert sich an seine Hoffnung, eines Tages zurückzukehren. Nur das hält ihn am Leben.
Aber auch diese Hoffnung schwindet. Die Russen besetzen das Baltikum und betreiben rasch dessen Sowjetisierung. Heim in ein anderes Reich. Das erzählt er ihr. Aber er gibt nicht auf. Das gefällt ihr. Sein fernes Land ist eine der großen Hoffnungen ihres Lebens, eine der wenigen, die sie hegte. Unerfüllt auch diese, wie die meisten Träume. So ist es eben. Auch das lernt sie früh.
Und will doch nicht aufgeben.

Zwei Ereignisse zerstörten die Träume mit einem Schlag: der gewaltsame Tod ihrer eigenen Mutter und die Vertreibung der Katzenhublerfamilien aus dem Dorf.
An beidem war Alfred schuld.
Daß er auch die Katzenhublergeschichte auf dem Gewissen hatte, das erfuhr sie mit letzter Sicherheit erst bei diesem Besuch. Auch das hätte sie ihm verzeihen sollen. Auch das noch.
Wenige Wochen vor dem Tod ihrer Mutter wurde ein Anschlag auf das Haus der Katzenhubler verübt.
Schlimme Zeiten. Krieg. Überall.

18

Leben zur Kriegszeit.
Im Großdeutschen Rundfunk noch immer die Siegesmeldungen. Kämpfe im Osten. Landung in Afrika. Fremde Namen. Tobruk, Sewastopol, Stalingrad.
Das eigene Land noch immer verschont. Wie lange noch? Die Gerüchte nahmen zu, die Angst wuchs. Schweizer Nationalsozialisten waren im Bundeshaus von der Landesregierung empfangen worden. Der Bundesrat erließ verschärfte Weisungen an die Grenzposten, weitere Flüchtlinge zurückzuweisen. Dem deutschen Reich wurde von der eidgenössischen Regierung ein Kredit von 850 Millionen Franken gewährt und die Lieferung von Obst, Vieh und Molkereiprodukten im Wert von 55 Millionen Franken zugesichert. Im eigenen Land war die Rationierung zusätzlicher Lebensmittel ebenso notwendig wie der weitere Ausbau der Anbauflächen.
Wie wird das noch enden?
Die Schwestern wünschten sich einen Vater, einen großen Bruder. Jemand, der Bescheid weiß. Niemand wußte Bescheid. Ängstlich, besorgt die Kommentare im Dorf.
– Wann sind wir an der Reihe?
Gerüchte wie sirrende Mückenschwärme in der Sommerluft, vom Feind, der seinen Vormarsch vorbereite am Rhein und am Bodensee. In den Zeitungen Berichte von fremden Flugzeugen über der Schweiz: Angst.
Angst hat auch Simon Levy.

Und sie hat Angst um ihn.
Nur noch selten steht er an der Busstation.
Und ist er einmal da, muß sie lange nach ihm Ausschau halten, bis sie ihn entdeckt. Sie will ihn sehen. Es ist schwierig.

Alles war schwierig.

Sogar das Einkaufen. Die Lebensmittel rationiert. Nur in kleinen Mengen zu haben. Öl und Fett schon ein Luxus. An Butter gar nicht zu denken. Der Kaffee aus Eicheln und Zichorie, dünn und bitter. Das war nicht das Schlimmste. Aufrufe der Behörden, fast täglich, zur Wachsamkeit und zum Schweigen.
Wer nicht schweigen kann, schadet der Heimat. Anweisungen zum Kampf gegen den inneren Feind, der sein Gift ausstreue und Zwietracht säe, der erbarmungslos unschädlich zu machen sei.
Hetze, sagt Simon Levy.
Ortswehren wurden gebildet, die Listen mit verdächtigen Personen erstellten. Im Dorf mied man den Laden des Schusters Kirchstein, und der Schneider Rosenstock hatte ohnehin seit längerem keine Aufträge mehr. Getan wurde ihnen nichts. Man zog bloß den andern Schuster vor, änderte Kleider selber.
Kriegszeit.
Im Sternen fluchte man häufiger über die Fremden; zu viele waren schon ins Land gekommen. Flüchtlinge, besänftigte der Pfarrer, Schmarotzer, sagten die Leute.
Angst, klagt Simon und streichelt Helens Haar.
Sie treffen sich heimlich, nachts, irgendwo im Freien.

Nicht im Haus. Da ist Alfred, da sind die Schwestern. Sie wären nicht ungestört. So sitzen sie draußen auf einer Anhöhe über dem Dorf oder am Fluß, schmiegen sich aneinander, halten sich fest. Träumen von einer andern Zeit: aber wann ist die?
Warum hätten sie nicht zusammen schlafen sollen. Bereut hat sie es nie. Tun, was stimmt, auch wenn es unvernünftig ist. Das erzählt sie auch der Mutter nicht. Das gehört ihr. Ihnen beiden.

Die Angst vor dem Krieg. Die Behörden appellierten an die Bevölkerung, an Mann und Frau, sich nicht entmutigen zu lassen, alle Opfer an Gut und Blut zu bringen, die nötig seien zur Verteidigung des Landes. Im Sternensaal hielt die Gruppe um den Buchhändler Maus ungehindert ihre Versammlungen ab. Durch die geöffneten Fenster hörte man ihre Haruss-Rufe und die Klänge des Deutschlandliedes. Und Ortschef Mühlematter von der Thalheimer Sektion der Schweizer Sportgruppe, sagte jedem im Dorf, der es hören wollte, ein eidgenössischer Nationalsozialismus sei nicht mehr aufzuhalten. Und dann werde man nicht lange fackeln, sondern alles Kranke und Artfremde mit Stumpf und Stiel ausmerzen.
Drohungen. Einschüchterungen. Fragen.
Ich kann hier nicht mehr leben, sagt Simon.
Vor der Haustür haben sie anonyme Drohbriefe vorgefunden.
Fremdes Judenpack.
Simon sieht keinen Ausweg. Die sind jetzt zu allem fähig, sagt er, auch in diesem Land.

Und Helen denkt nur an Simon.
Was kann sie für ihn tun? Auch die Mutter weiß der Tochter nicht zu raten. Es gibt noch andere Männer.
Sie will nur diesen – sie liebt ihn.
Gerüchte, Unsicherheit, Angst.
Immer neue Meldungen und Anordnungen. Blaue Lämpchen am Fahrrad zu montieren, die Fenster zu verhüllen, sich marschbereit zu halten mit guten Schuhen und gepacktem Rucksack. Der Gemeinderat bat sogar um die Anmeldung von Brieftauben. Und von Flüchtenden wurde berichtet, die die Straßen Richtung Innerschweiz verstopften. Reiche Leute, die ihr Hab und Gut, Kochtöpfe, Teppiche, Matratzen, Bilder, Zimmerpflanzen auf ihre Autos oder auf Leiterwagen luden, um sich in Sicherheit zu bringen.
Rette sich, wer kann.
Auch die Schwestern beobachteten einmal in der Nacht einen solchen Zug. Fuhrwerke mit Hausrat beladen, die durch das Tal in die Berge fuhren, die Gesichter mit Schals und Sonnenbrillen getarnt. Eine Schande, sagte die Mutter zu ihren Töchtern, die Reichen türmen, und die kleinen Leute bleiben sich selbst überlassen. Aber so war es eben. Jeder ist sich selbst am nächsten. Und wer Geld hat, ist allemal im Vorteil.
Angst vor dem Krieg. Auch die Schwestern hören zu Hause die deutschen Sender und reden darüber. Alfred begeistert sich für die Sache des Führers. Er spricht vom Aufschwung, von der neuen Zeit, die im Reich angebrochen sei, eine Bewegung, die ganz Eu-

ropa erfassen und eine neue Epoche der Geschichte einläuten werde. Beim Nachtessen fängt er davon an, steigert sich in eine wilde Begeisterung hinein, über den neuen Menschen der nationalsozialistischen Bewegung, über die Rückkehr zu den Urtiefen des wahren Menschseins, die Wiederentdeckung des starken, des soldatischen Mannes, der stramm, kraftvoll und schneidig ist, sich vor nichts fürchtet, der alles Schwächliche und Kranke verachtet und sich in Krieg und Wettkampf auszeichnet.
Phrasen, schimpft die Mutter, nichts als Phrasen. Dummes Zeug sei das, was er da fasle. Mit dem solle er ihr nicht daher kommen.

Aber Alfred war im Tal nicht der einzige, der sich blenden ließ. Auch andere blickten nach Norden und suchten für alte Übel neues Heil: Ordnung, Disziplin, Autorität.
Das Schweizerische wurde betont. Öfter als sonst sah man an Sonntagen die Schweizerfahnen an den Häusern, da und dort sogar das langschenklige Schweizerkreuz. Die Dorfmusik gab häufig Platzkonzerte; und der Männerchor lud am Sonntagmorgen zu offenem Singen ein. Rufst du mein Vaterland, das Beresinalied und der Tod in Flandern.
Eine Mutter und drei Töchter.
In der Zeitung lasen sie Ratschläge über eine sparsame Haushaltsführung, Rezepte für Kartoffelbrot, Gemüsekompott und das Einmachen von Waldbeeren und wilden Kirschen.
Alfred lachte darüber.

Das ist vergebliche Liebesmüh, spöttelte er, auch die Schweiz kann sich auf die Dauer der neuen Ordnung nicht entziehen.
Wie besessen war er von seinen Ideen. Seine Zeit werde kommen, vielleicht früher, als man denke.
Im Sternen traf er sich mit Kumpanen zu wilden Saufereien, bei denen deutsche Lieder angestimmt wurden. Und manchmal war auch der Buchhändler dabei, Gauleiter Maus.
Auch das gab zu reden. Nazis im Dorf, das ging doch zu weit. Aber einschreiten wollte niemand. Solange Deutschland an allen Fronten siegreich war – man könnte sich die Finger verbrennen.
Eine schwierige Zeit.
Und Alfred? Warum wurde er nicht fortgeschickt, entlassen? Die Töchter wünschten es.
Aber die Mutter zögerte. Er werde schon wieder zur Vernunft kommen, hoffte sie, und seine Arbeit verrichtete er zu ihrer Zufriedenheit.

Leichtsinn, das war es schon, vielleicht auch bloß Mitleid am falschen Ort. So war sie eben. Eine Mutter, die ihre Töchter liebt.
Durchkommen. Überleben –

Als Helen nach dem Vespergottesdienst aus der Kirche kommt, wartet Simon auf sie, spricht sie an, obwohl sie nicht allein, sondern in Begleitung Clarissas ist. Nie zuvor hat er sie anzusprechen gewagt, wenn jemand bei ihr gewesen ist. Aber diesmal tut er es. Sie weiß gleich, daß etwas Ungewöhnliches vorgefallen

sein muß. Sie schickt die erstaunte Clarissa nach Hause. Hastig spricht Simon, erregt.
Ihnen sei gedroht worden, schon seit Tagen, sie würde blaue Wunder erleben, wenn sie nicht freiwillig weggingen.
Fort endlich fremdes Judenpack.
Ich hab dich noch einmal sehen wollen, sagt Simon. Wir ziehen schon bald weg.
Aber eines Tages werde ich dich holen, dich mitnehmen nach Riga und dir die Ostsee zeigen.
Helen nickt nur und streicht mit der Hand über seinen Arm.
Lange sitzen sie schweigend nebeneinander auf der Bank unterhalb der Kirche, klammern sich aneinander.
Was ist das für eine Zeit, denkt sie.
Noch und noch schaut sie Simon an, sein kantiges Gesicht, das dunkle, etwas lange Haar tief in der Stirn. Und sie streichelt dieses Haar, immer wieder. Simon.
Seine dünnen Augenlider schlagen oft und oft über die Augen. Scheue Blicke. Die Wangen hell und glänzend. Leicht geöffnet der schmale Mund, wortlos.
Verletzlich kommt er ihr vor, so völlig schutzlos, wie kaum jemand, den sie gekannt hat. Sie hätte ihn einfach halten mögen, stundenlang.
Sie sitzen in die Nacht hinein, gehen ein paar Schritte, klammern sich irgendwo im Dunkeln aneinander. Die Turmuhr ist unerbittlich, schlägt ihnen die Zeit an die Ohren.
– Leb wohl.

Er hält sie in den Armen, küßt sie.
– Später, in einer andern Zeit.
Sie nickt.
Er geht, langsam erst, wendet sich noch einmal um und verschwindet mit raschen Schritten, als würde er verfolgt.
Sie bleibt noch eine Weile stehen, erstarrt, reglos, und sie blickt über die Bank hinweg auf die Mauer, die von Moos und Flechten überwachsen ist. Wenn sie später an Simon Levy denkt, fällt ihr immer zuerst diese Mauer ein, hoch und grau, von Schatten gesprenkelt, von Wasserflecken. Ihr ist, als sei Simon in einer Ritze dieser Mauer verschwunden, käme er wieder, so würde er aus einer Ritze dieser Mauer auftauchen –

Auch später hätte sie den Katzenhubler noch lieben können. Erzählt hat sie das nie jemandem. Aber wäre er gekommen und hätte sie nach Riga mitgenommen, sie wäre ihm gefolgt.

Es blieb ein Traum. Sie hat sich manchmal vorgestellt, wie sie miteinander das Meer entlang gehen würden, durch den feuchten Sand, die hohen Wellen draußen in der Ostsee und hinter ihnen die Hügel mit den Kiefernstämmen und den kleinen Grünlandmooren, von denen Simon so geschwärmt hat, weil sie so unberührt und verlassen wirkten. Mit ihm durch diese Gegend schlendern. Er würde neben ihr gehen und ihr alte Geschichten erzählen vom Schimmelreiter und vom Wattenmeer. Sie malte sich aus, wie sie

abends im Wohnzimmer des kleinen Gutes sitzen würden, draußen in der lettischen Ebene, wenn der Schnee das Haus umgab und fern die Wölfe heulten.
Jungmädchenträume.
Immer sind ihre Träume in den Norden gegangen, als sei etwas in ihr, das der Kälte trotzen wollte. Schon als Kind liebte sie die kalten Schneenächte, wenn sich Eisblumen an den Vorfenstern bildeten. Immer zog sie den Winter dem Sommer vor. Die Stille der Schneenächte, die Helligkeit über den Schneefeldern und das Sirren in den Drähten der Überlandleitungen. Stundenlang stapfte sie durch Schnee und Kälte, den eigenen Atemhauch vor dem Gesicht.

Ja, Simon ist auch ein Wintermensch gewesen, das hat sie manchmal gedacht; seine immer leicht vornübergeneigte Gestalt hat sie stets an einen Frierenden erinnert, dem die Kälte der Zeit ständig ins Gesicht bläst, der die Winde fürchtet und den kalten Glanz des Mondes.

Noch in der gleichen Nacht brannte das Haus –

Clarissa weckt sie; und sie weiß schon alles.
Mit Clarissa tritt sie auf den Balkon hinaus. Zusammen betrachten sie den Feuerschein in der Ferne. Die Schwester legt die Hand um ihre Schultern.
Nein, sie will nicht hinübergehen. Auch mit der Schwester nicht.
Sie wäre dem nicht gewachsen.

In sich spürt sie die Gewißheit, daß ihm nichts passiert ist. Aber sie ahnt auch, daß sie ihn nicht mehr sehen wird.
Später vielleicht.
You went away, I let you, and leave the past behind – sie kann sich nicht wehren gegen diese Verse, und während die Flammen flackrig herüberschlagen, stellt sie sich vor, wie Simon in der Nacht steht, das Gesicht rot vom Schein des Feuers, und fassungslos in die Flammen starrt. Als sei all das nicht wahr, nur ein böser Traum. Wie er dann, nach einer Weile, sich abwendet, langsam in die Dunkelheit hineinschreitet, in die Nacht. Er wirft keinen Blick mehr zurück in die Glut, nur vorwärts, irgendwohin.
Zum zweiten Mal heimatlos geworden.
Weggehen.
Bedächtig und schwer die Schritte, als gingen sie zum Takt einer fernen Melodie.
Und all die Bilder noch einmal. Wie sie aus der ersten Heimat weggegangen waren, geflohen vor dem drohenden Krieg, und all das zurückgelassen hatten, was ihnen liebgeworden war. Den Hof und die Felder, den Strom und die See.
Nun wieder unterwegs.
Sie weilt mit Clarissa so lange draußen auf dem Balkon, bis die Flammen klein geworden sind und schließlich nur noch ein Glimmen im Dunkel zu sehen ist. Clarissa verbringt den Rest der Nacht an ihrer Seite. Sie kann nicht schlafen. Ihr ist, als sei in diesen Flammen etwas verbrannt und etwas in ihr gestorben.

Noch in der gleichen Nacht wurden die Katzenhublerfamilien weggebracht in ein Internierungslager. Das erfuhr sie später.
Noch manchen Tag glaubte sie, hoffte sie, redete sie es sich ein gegen alle Tatsachen: Simon wird eines Abends wieder an der Ecke stehen, wenn sie von der Arbeit kommt, ist einfach da, geht an ihrer Seite und erzählt von Riga wie immer. Manche Nacht steht sie draußen auf dem Balkon und denkt an Simon Levy, an seine frierende Gestalt, die sich scheu durch die Nacht bewegte, mit zaghaften Schritten, als würde sie dem Grund nicht trauen, auf den sie trat.
Was bleibt?
Eine Wehmut, ein anderes Wort dafür hat sie nicht, eine Wehmut, die sie lange begleitet. In ihr ist ihre Liebe zu Simon aufgehoben. Und manchmal bricht sie auf, eine Wunde, die nach Jahren wieder zu bluten beginnt.
Später malte sie sich manchmal noch aus, daß sie und Simon sich nach vielen Jahren wiederbegegnen würden. Beide alt. Müde. Sie würden sich erzählen, was aus ihnen wurde nach jener Brandnacht.
Sie sah sie beide sitzen, auf einer Bank, zwei Alte, schon zittrig die Hände, ein verschrumpeltes Männchen würde er sein, noch stärker vornübergeneigt seine Gestalt, stockend vielleicht seine Stimme. Er würde dasitzen, an ihr vorbeisehen ins Leere, würde erzählen, innehalten manchmal, als suchte er etwas –
Nur einmal traf eine Karte ein, aus einem Internierungslager im Fribourgischen. Und später ein Brief. Es gehe ihm gut. Er werde sich wieder melden. Sie

schrieb auch. Doch die Karte kam zurück. Abgereist.

Und die Brandstifter, fragte Melzer, was man über die Brandstifter gewußt habe.

Die habe man nie dingfest machen können, obwohl im Dorf dies und jenes gemunkelt worden sei, Hinweise auf die Sportgruppe und die Ortswehr. Aber die Finger habe sich niemand verbrennen wollen mit solchen Verdächtigungen.

Alfred?

Verdächtigt ja, verdächtigt habe man ihn schon, aber wie hätte man da etwas beweisen sollen.

Clarissa wollte zur Polizei gehen, drängte, aber Helen wollte nicht.

Sie hätte alles über Simon und sich erzählen müssen, zu Protokoll geben diese Geschichte, die doch nur ihr gehörte, ihr Geheimnis war. Ihr einziges. Daß sie schwanger war, hat sie damals noch nicht glauben wollen.

Melzer stand auf, machte rasch ein paar Schritte, setzte sich zu ihr hin.

Sie sahen sich lange an, Mutter und Sohn. Sie bat ihn, sie eine Weile allein zu lassen.

Als er aufstand, drückte sie ihm ein kleines Wachstuchheft in die Hand.

19

Kein Tagebuch, wie Melzer erleichtert feststellte. Kurze Notizen in einer sauberen Schrift. Fotos. Das Bild Simon Levys. Das Bild der Großmutter, eine schwere Frau mit Sommerhut. Jahreszahlen. Die Todesanzeige mit dem Bibelspruch: *Haben wir Gutes empfangen von Gott, sollten wir das Böse nicht auch annehmen?*
Beileidkarten.
Zeitungsausschnitte aus dem Jahr 1941.
Gepreßter Sauerampfer und Wundklee.
Eine Seidenschleife. Zum 18. Geburtstag.
Zwei Kinobillette, dritter Platz.
Ein Schiffahrtsbillett Luzern-Gersau.
Gedichtzeilen, mit grüner Tinte auf Packpapier:

Lettische Verse

Laß nicht wie den Pirol mich klagen,
den großer Liebeskummer treibt,
um ihn, den ich mit Leid geschlagen,
der geht und ... unvergeßlich bleibt. *Elza Sterste*

Ein Windhauch lief und lief davon,
ein Nebel stieg und stieg davon,
ein Duft, vergangen ist er schon.
Sie müssen ohne Weg vergehn:
der Duft, der Nebel und der Hauch
und das Geschöpf,
das seine Heimat ließ, es auch. *Rainis*

Rationierungsmarken für Brot und Speiseöl aus dem Jahre 42. Rezept von gelben Kringeln.
»Mutter ist tot. 11. August 1941.«
Darunter ein Zitat von Louise Michel: »Alles sah ich wieder, tausend Einzelheiten, die mich früher nicht beeindruckt hatten, fielen mir wieder ein, wenn ich meine Erinnerungen durchwühlte; ich entdeckte, welche Opfer meine arme Mutter ohne Aufsehen und ohne Klage für mich gebracht hatte; sie hätte ihr Blut für mich hergegeben, so wie sie mich für Ideen, die sie nicht teilte, Stück für Stück alles nehmen ließ, was wir besaßen. Sie hätte gerne in einem friedlichen Eckchen bei mir gelebt, in einer weitab in den Wäldern gelegenen Dorfschule. Arme Mutter! Jetzt ist alles aus; aber nach dir, nach dir ist mir nichts wichtig, als zu dir zu kommen, dorthin, wo du ruhst.«
Ein Foto des Grabsteins; schwarzer Marmor, Goldbuchstaben, »Amalie Anna Leber, geborene Mehlin 1896-1941. Ich weiß, daß mein Erlöser lebt.«
Ein Foto. Mann und Frau. Verlobung Herbst 1941.
Ein alter Stich aus Riga.
Gestuftes Grau zwischen Weiß und Schwarz. Der Fluß zuerst, breit und dunkel vor der Stadt, schartig das Wasser, aufquirlend wie Seifenschaum, schmierig verwischt von schwarz geriffelten Schatten. Zwei- und Dreimaster treiben auf dem Strom, die Segel gebauscht. Die Wellen klatschen am Bug hoch; windschief stehen die Masten vor den Türmen der Stadt, die als dunkles Muster zwischen Himmel und Fluß geklemmt scheint, mäanderhaft verschlungen die Wellenlinien der Dächer; kleine Boote und Schoner

gleiten zwischen den Seglern dahin, hüpfend und springend auf den Wellen.
Über dem Ufer erhebt sich die Silhouette der Stadt, eine schwarze Schraffur auf weißem Grund, aus dem die Kirchtürme aufragen, die streng und spitz wie Pfähle in den Grund der Stadt geschrammt sind, schiefwinklige Kegel, die das Kreuz des Erlösers in den Himmel tragen. Die zwiebelförmige Kuppel des Domes glitzert im Licht, wird verschattet von der dunklen Girlande einer Krähenschar, die aus dem Wolkengefieder stößt, getupfte Schlieren, regengrau verwischt.

Simon Levys Stadt.

Klein sind die Häuser, kantig und schmal, durch das weiße Band der Umfassungsmauer ineinandergepreßt. Giebel, Kuppeln und Zinnen schwingen sich über die narbig gefleckten Mauern empor.
Am Kai reihen sich die Lagerschuppen aneinander, geduckte Holzhäuser und kleine Buden. Ein breiter Rundturm überragt klobig und schwer das Ufer, wirft seine Schatten auf den Sand.
Da tummeln sich auch Menschen als Striche auf der Böschung, paarweise und vereinzelt, verlorene Gestalten, die ein Maler in der Eile hingekleckst hat zwischen aufgebockten Booten, Holz- und Kohlestapeln. Bettler sind es vielleicht, Angler, Müßiggänger, Hafenarbeiter, Matrosen.
Menschen aus Simons Stadt.
Unter dem Bild die zierliche Schrift: *Riga. Gottfried,*

Johann Ludwig, Inventarium Sueciae. Das ist: Gründliche und wahrhaffte Beschreibung durch Friedrich Hulsium. Gedruckt zu Franckfurt am Mayn bey Wolffgang Hoffmann/ In Verlegung obgedachtes Hulsij. Im Jahre Christi 1632. In der rechten Ecke handgeschriebene Buchstaben: Für Helen von Herzen. Dein Simon.
Weiter hinten eine Postkarte aus Fribourg, ländliche Gegend, ein paar Zeilen mit schwarzer Tinte: Nach Umwegen hier in der Westschweiz gelandet. Habe die Hoffnung nicht aufgegeben. Einmal muß auch dieser Krieg zu Ende sein. Simon.

Ein Brief

Sugiez, Anfang September 41

Liebe Helen
seit neun Wochen sind wir, zusammen mit andern jüdischen Emigranten, hier im Flüchtlingslager. Ich wünschte mir, ich könnte Dir lauter gute Nachrichten geben. Und doch würde ich lügen. Fast 220 Menschen sind hier untergebracht, zusammengepfercht müßte ich sagen; mehr als fünfzig schlafen im gleichen Raum. Auf dem Fußboden liegen Bretter, auf denen man Stroh ausgeschüttet hat, jeder bekommt zwei Decken, wenig für die oft schon kühlen Nächte.
Doch ist es nicht der fehlende Komfort, der mir zu schaffen macht. Auch nicht das Essen, meist Suppe, Kraut und Kartoffeln, wenig Brot. Es reicht gerade, auch wenn immer wieder einzelne über Hunger klagen. Und wer Geld hat, bezahlt auch einen Pensions-

preis von 2.60 pro Tag. Wir sollen dem Land so wenig wie möglich zur Last fallen. Begreiflich. All das ist nicht weiter schlimm. Wir haben uns ja seit unserem Aufbruch in Riga an ein einfaches Leben gewöhnt. Viel stärker ins Gewicht fällt der militärische Geist, in dem das Lager geführt wird, und eine Reihe von Schikanen, denen wir ausgesetzt sind. Jeden Morgen wird der Tagesbefehl in den Kantonnementen verlesen und angeschlagen.

6.45 Tagwache. Morgenverlesen.
7.30 Frühstück. Anschließend Zimmerordnung erstellen.
9.00 Arbeiten auf dem Feld oder in den Kantonnementen.
12.00 Mittagessen.
14.00 Fortsetzung der Arbeit.
16.45 Innerer Dienst (ID): Reinigung der Kleider, Schuhe und Lagerräumlichkeiten.
18.00 Abendessen.
19.00 Hauptverlesen. Postverteilung.
21.00 Zimmerverlesen.
22.00 Lichterlöschen.

Jeden Morgen nach dem Essen müssen die Decken ausgeschüttelt und zusammengelegt werden, und zwar so, daß das Schweizerkreuz, das sich auf jeder Decke befindet, in der Mitte sichtbar ist. So handhabe man es auch in der Schweizer Armee, heißt es. Wenn keine Arbeiten anstehen, hocken wir herum, rauchen oder versuchen eine Zeitung zu ergattern.

Dreimal täglich pfeift uns der Feldwebel zum Appell zusammen. In militärische Züge eingeteilt treten wir

alle, auch alte Männer, Kinder und schwangere Frauen, zum sogenannten Verlesen an. Wir stehen vor dem Gebäude in militärischer Formation. Der Feldwebel schlägt die Hacken zusammen und meldet uns dem Lagerkommandanten, einem Hauptmann der Schweizer Armee. Der wendet sich dann an uns mit Mitteilungen, Ermahnungen und Befehlen. Oft frage ich mich, sind wir wirklich in einem freien demokratischen Land.
Unser Lager ist von patroullierenden Soldaten bewacht. Zu unserem Schutz sagt man. Wer ins Dorf will, darf das zwar tun, aber er muß sich beim Lagerkommandanten die Erlaubnis holen. Doch es gibt schlimmere Schikanen. So haben wir all unser Geld und unsere Schmucksachen deponieren müssen. Die Heerespolizei hat Leibesvisitationen vorgenommen, um nachzuprüfen, ob man alles abgegeben hat. Zwanzig Franken stehen uns monatlich zur freien Verfügung. Weit reicht das nicht.
Zu den Schikanen gehört es auch, daß uns Freizeitaktivitäten weitgehend untersagt sind, aus Angst wohl, wir könnten Komplotte schmieden. Briefe, die wir erhalten, werden kontrolliert. Briefe ins Ausland zu schreiben ist uns gänzlich verboten. Sind wir Spione? Oder fürchtet man, wir würden mit unsern Briefen weitere Emigranten anlocken? Oft wirft man uns Flüchtlingen auch Kleinigkeiten vor, Männern etwa das viele Rauchen, das als Geldverschwendung angesehen wird. Oder Frauen, die sich schminkten, wurden von einer Dame des Frauen-Hilfsdienstes darauf hingewiesen, das besser zu lassen, da es den Eindruck

erwecke, die Flüchtlinge lebten in Luxus. Und das fördere leicht die emigrantenfeindliche Stimmung in der Bevölkerung, die auch Mangel zu leiden habe. Auch gelten wir Juden nach wie vor nicht als politische Flüchtlinge, da wir nicht wegen unserer politischen Gesinnung, sondern wegen unserer Rasse verfolgt werden.
Trotz der Schikanen wagt niemand aufzumucken, wir haben keine Alternative, müssen dankbar sein, uns hier aufhalten zu dürfen. Aber weiß das Schweizervolk eigentlich, wie es in diesen Lagern zugeht?
Ich kann so nicht leben. Ich werde deshalb freiwillig das Lager verlassen und mich mit meinem Bruder ins unbesetzte Frankreich durchzuschlagen versuchen. Wir haben Verwandte in den Pyrenäen. Vielleicht gehen wir auch nach Portugal oder irgendwohin ans Ende der Welt. Riga ist weit.
Vergiß mich nicht.
Einmal komme ich zurück. Vielleicht werden wir uns dann wiedersehen, in andern Zeiten. Simon.

Mehr war von Simon Levy nicht geblieben.
Ein Windhauch lief und lief davon,/ ein Nebel stieg und stieg davon,/ ein Duft, vergangen ist er schon ...

Melzer legte das Heft aus der Hand.
Was war aus Simon Levy geworden?

20

– Ihr habt euch nach Simon erkundigt?
Sie nickte.
Simon war nach Frankreich gegangen, in die Pyrenäen. Unbegreiflich diese erneute Flucht. Aber vielleicht typisch für Simon. Es mochte ihm im Internierungslager nicht behagt haben oder eine unbestimmte Sehnsucht trieb ihn fort. Oder Angst. Vielleicht wollte er nach Amerika.
Wer weiß das schon.
In den Pyrenäen verlor sich seine Spur. Verschollen, hieß es nach dem Krieg.
Auch im unbesetzten Frankreich wurden Juden aufgestöbert und weggebracht. Das wußte man damals noch nicht. Man sprach ja vom freien Frankreich. Aber später gab es auch da Deportationen.
Mauthausen vielleicht, Dachau oder Buchenwald.
– Du kennst die Namen.
Melzers Nicken war nur die Andeutung einer Geste.
Stille.
Mutter und Sohn.
Das Ende ihrer Geschichte war ein Anfang. Der Beginn ihrer Ehe, eines andern Lebens.

Eine einfache, eine ganz gewöhnliche Geschichte – wie Hohn klang dieser Satz in Melzer nach. Er hätte schreien mögen oder toben. Die Geschichte, die ihre Geschichten machte, ohne Rücksicht auf den einzelnen. Melzer spie aus.

Was kümmerte das die, die wirklich Geschichte machten, gestern und heute.
Melzer schlug mit dem Handrücken gegen die Tischkante. Ihre Geschichte –
Daß Simon wiederkommt – diese Hoffnung verlor sie rasch. Ein Kind ohne Vater zur Welt bringen, das konnte sie nicht. Das Gerede. Die schiefen Blicke. Das Kind des Juden. Das Geraune hinter vorgehaltener Hand.
Davor hatte sie Angst.
Wenn wenigstens die Mutter noch dagewesen wäre. Schwanger sein in dieser schwierigen Zeit –

Herbst 41

Der Roßhändler läßt nicht viel Zeit verstreichen, kommt häufig, nistet langsam sich ein im Haus. Er nimmt da und dort erste Veränderungen vor, zeichnet Pläne.
Ich tue das alles, versichert er, ganz im Sinne meiner verstorbenen Schwägerin und meines Bruders. Man darf dieses schöne Bauerngut, das *Heimet*, sagte er, nicht verkommen lassen. Man muß zupacken, ehe es zu spät ist. Zupacken, ja. Das kann er. Ein Mann, der gelernt hat, Gelegenheiten wahrzunehmen.
Manchmal bringt er eine Frau mit, stellt sie als seine Zukünftige vor, Eugenie, eine Welsche, Schini nennt sie der Roßhändler. Sie spricht kaum Deutsch, dafür scharwenzelt sie ständig um ihren Zukünftigen herum, spricht ihn immerzu als mon cher Rüdölf an. Schäkern. Karessieren. Jammern.

Komisch kommt es den drei Schwestern vor. Und doch haben sie nichts zu lachen. Denn Schini beginnt sich bald als Hausherrin aufzuspielen, bringt ihre Mutter mit, eine aufgemöbelte Sechzigerin mit Chignon, Madame Lini.
Diese wird nicht müde, die glückliche Fügung – la grande mystère de la fortune – zu preisen, die ihre kleine Schini, – mon ange Schini –, die so manchen Verehrer kannte, mit dem tüchtigen Rüdölf zusammenführte. Stundenlang sitzen die beiden Damen im Wohnzimmer, trinken Rotwein und rauchen Zigaretten in vergoldeten Mundstücken. Der Roßhändler spielt den Kavalier und läßt reichlich Speisen auftragen. Und meist reiten sie dann zu dritt aus, Madame auf einem roten Fuchs, Schini und der Roßhändler auf einem Schimmel.

Gelacht haben die Schwestern, wenn sie ihnen zuschauten.
Aber was hätten sie tun sollen?
Sie fühlten sich im Haus immer beengter, zogen sich auf ihre Zimmer oder in die Küche zurück. Clarissa und Myrtha sprachen schon bald von der Absicht, zu heiraten, da neben Schini und Lini auf die Dauer kein Auskommen sein würde.
Und Helen?
Was sollte sie tun, ein junges Ding von achtzehn Jahren mit dem Kind eines Fremden im Bauch? Das Judenkind.
Mit jemand reden.
Manchmal stand sie oben am Grab der Mutter, starr-

te auf dies Holzkreuz, die Blumen, sprach leise vor sich hin in die Stille.
Sie empfand es als glückliche Fügung, daß in jener Zeit Robert wieder häufiger schrieb. Sie kannte Robert schon lange und mochte ihn auch. Auf seine Art.

Robert

Er gehörte zu jenen jungen Männern, die noch zu Lebzeiten der Mutter gelegentlich auf dem Hof auftauchten und von der Mutter gleich als mögliche Schwiegersöhne gemustert wurden. Sie hatte da ein ganzes Repertoire von kleinen Prüfungen für mögliche Freier ihrer Töchter. So achtete sie etwa streng darauf, wieviel Käse einer an der Rinde läßt – zuviel deute auf Verschwendungssucht, zuwenig auf Geiz, pflegte sie zu sagen –, ob er den Most schlürft, die Serviette auch ordentlich zu falten weiß, ob er die Brotrinde wie ein Kaninchen abnagt und die Ellenbogen wie ein Bauernknecht auf den Tisch stemmt.
Man will wissen, woran man ist.
Manch einer der Dorfburschen fiel durch das Netz dieser Prüfungen. Und das ließ sie die Burschen jeweils auch wissen. Wohl deshalb hieß es im Dorf, sie habe Haare auf den Zähnen.
Robert bestand die Prüfung nicht schlecht, und unsympathisch war er der Mutter auch nicht. Aber die Entscheidung überließ sie der Tochter.
Und die wußte, was sie wollte – damals wenigstens. Den Simon. Für den schwärmte sie. Und wie. Der Traum von Riga.

Robert kam dennoch manchmal vorbei. Als ob er geahnt hätte, daß aus der Geschichte mit Simon nie etwas werden könne.
Robert besuchte sie, weil er sie nicht vergessen konnte, seit jenem Abend, als er sie zum erstenmal sah –

Kirchweihfest. Rummelplatz und Musik. Drei Schwestern am Rande der Tanzbühne. Ihm gefällt nur die eine. Die muß es sein. Und keine andere. Die fordert er auf. Helen.
Tanzen können beide nicht. Treten einander auf die Füße, daß die Flecke noch tagelang zu sehen sind, wenigstens bei ihr. Sie sieht, wie peinlich es ihm ist, und lacht.
Er spricht wenig an diesem Abend, aber er läßt kein Auge mehr von ihr, nachdem sie zusammen getanzt haben. Eine Papierrose schenkt er ihr und einen Kranz schwarzer Lakritze.
Wo sie doch Lakritze nicht mag.
Das sagt sie nicht. Auch nicht, daß sie an einen andern denkt. Simon.
Roberts Vorschlag, sie nach Hause zu begleiten, schlägt sie aus. Sie zieht die Begleitung ihrer Schwestern vor. Das nimmt er hin, zuckt kurz zusammen, steckt die Hände in die Taschen und verschwindet mit gesenkten Schultern im Dunkel, so hilflos, daß es ihr schon leid tut, ihn abgewiesen zu haben. Und hätte Clarissa sie nicht zurückgehalten, sie wäre ihm nachgerannt.
So ein dummes junges Ding ist sie damals gewesen.
Übel sieht er nicht aus, meint Clarissa auf dem Heim-

weg, aber hölzern wirkt er. Sofort beginnt sie ihn zu verteidigen, spricht von seiner weichen Stimme und dem glänzenden Dunkelbraun seines Haares. Schüchtern ist er, sagt sie, nicht einer von diesen aufdringlichen Burschen, die immer gleich mit der Tür ins Haus fallen, Charme wie aus der Puderdose versprühen und doch bloß veraltete Witze erzählen.
So einer ist er nicht.
Noch ein Verehrer, brummt die Mutter, als die Tochter von Robert erzählt, und ausgerechnet einer aus dem Sennboden, einer von diesen Stockfischen, denen man jedes Wort dreimal abkaufen muß.
– Du suchst dir aber auch immer die Schwierigsten aus.
Die Mutter kennt die vom Sennboden. Und das erzählt sie der Tochter.

Verschlossen waren die im Sennboden oben. Schon Roberts Vater, der Jakob, brummte mehr in den Bart, als ein anständiges Wort zu sagen, wenn er sich einfand, um ein Kalb oder ein Schwein zu schlachten. Auf das Schlachten verstand er sich, aber seine Art, die behagte ihr nie, so in sich gekehrt, eigenbrötlerisch, unzugänglich, man wußte nicht, woran man mit ihm war.
Und seine Söhne, die ihren Vater manchmal begleiteten und beim Schlachten kräftig Hand anlegten, waren aus dem gleichen Holz geschnitzt wie der Alte. Kaum ein Wort wurde gesprochen, wenn die ein Kalb ausnahmen. Ein Wort war aus denen auch nicht herauszukriegen, wenn sie zu einer Mahlzeit in die Stube

gebeten wurden. Sie stopften in sich hinein, was das Zeug hielt; ein Viertel Speckseite war im Nu verschwunden, ein Halber Roter reichte nie aus, und dem Kaffee gaben sie derart Schnaps bei, daß man den Löffel im Glas sah.
Eigenbrötler sind die vom Sennboden –

Die Worte der Mutter fielen Helen noch öfter ein. Auch später. Die Mutter hatte ihr klaren Wein einschenken wollen, sie warnen vor dem, was sie auf dem Sennboden zu erwarten hätte.
Nötig war das nicht. Die Tochter mochte zwar den Robert. Aber falsche Hoffnungen wollte sie ihm nicht machen.
Simon, sagte sie, der Katzenhubler, ich mag ihn.
Robert blickte sie damals lange an, als sie ihm von Simon erzählte. Nachdenklich wurde er und meinte dann, an seinen Gefühlen ihr gegenüber ändere sich nichts.
Ich werde auf dich warten, sagte er, vielleicht wird das auch nichts mit dem Simon.
Und überhaupt, er sei noch jung und habe Zeit. Und andere Mädchen interessierten ihn nun mal nicht. Das sei einfach so.
Robert wurde ein guter Freund, der im Haus der Schwestern gern gesehen war.
Er machte seine Besuche, plauderte ein bißchen mit den Schwestern und entfernte sich dann wieder.
Einen, den man mochte. Wenn bloß der Simon nicht gewesen wäre –
Bei Kriegsausbruch mußte Robert gleich einrücken.

Er schrieb manchmal. Nicht viel. Kurze Briefe auf Soldatenpapier. Nach dem Tod der Mutter schrieb er häufiger, kam bei den Schwestern vorbei, wenn er Urlaub hatte, einfach so, wie ein alter Freund, ohne etwas zu fordern.
Sie hat ihn immer gemocht. Auf seine Art.

Sommerwende –
Die Mutter war tot.
Simon fern.
Die Schwestern sprachen vom Heiraten.
Der Roßhändler richtete sich mit Schini und Lini ein.
Und als nun Robert wieder häufiger kam und sich um sie bemühte, war sie zunächst einfach froh, daß es jemand gab, dem sie vertraute.

– Mit jemand reden, verstehst du?
– Hätte ich das nicht tun dürfen?

Sie war gern mit Robert zusammen in diesen Wochen –

Herbst 41:
Meist am Samstag, wenn er Urlaub hat, taucht er auf. Sie gehen zusammen spazieren. Fast immer den gleichen Weg. Rasch aus dem Dorf hinaus, denn wohl fühlt er sich nicht in der feldgrauen Uniform, Gefreiter Melzer. Sie plaudern über dies und jenes. Ein Schweiger ist Robert nicht. Er erzählt vom Soldatenleben in den Bunkern am Rhein, von den Flüchtlin-

gen, die über die Grenze zu kommen versuchen, von Todesangst gezeichnete Menschen, die dann oft zurückgeschickt werden in die Arme ihrer Henker.
Das beschäftigt ihn.
Sie hört zu. Freut sich, daß es ihn gibt. Robert. Kein Simon.
Das weiß sie, aber einen, den sie mag. Sollen die Schwestern denken, was sie wollen. Und die Leute auch. Robert, einer, der auch an andere denkt. Das macht ihr Eindruck, seine Fähigkeit, sich in die Lage anderer zu versetzen, sein Mitgefühl, das herauszuspüren ist in der Art, wie er erzählt. Nicht große Worte. Einmal hat er auch Alfred im Gefängnis besucht. Aber das hat er ihr erst viel später mitgeteilt.

Mit Robert zusammen sein. Das bekam eine Selbstverständlichkeit, die sie nicht mehr hätte missen mögen.
Sie erschrak erst, als er ihr einen Heiratsantrag machte.
Nun mußte sie erzählen. Alles. Auch vom Kind. Das hatte er längst gewußt. Er war nicht blind. Er hörte ihr zu. Geduldig bis zuletzt. Er nahm sie in die Arme und fragte sie noch einmal, ob sie ihn heiraten wolle. Er wird dem Kind ein guter Vater sein. Das verspricht er. Irgendwie wird man schon durchkommen. Arbeiten hat er gelernt. Er ist entschlossen. Und mit ihr zusammen kann er Bäume ausreißen. Das sagt er mehrmals. Und lacht. Der ganzen Welt will er trotzen. Was auch immer sich ihnen in den Weg stellen

wird. Wenn sie nur zusammenbleiben. Alles wird er tun. Sogar Berge versetzen.
Er lachte.
Und sie lachte auch.
Mit diesem Lachen fing ihre gemeinsame Zukunft an.
Sie gab Robert das Jawort.
Und bereute es nicht.
Und Simon?
Sie vergißt ihn nicht. Verschweigt, wie oft sie an ihn denkt.

21

Robert und Helen, sie haben sich verlobt –

Oktober 41

An einem Samstag fahren sie nach Luzern und mit dem Dampfschiff nach Gersau. Sie essen in einem kleinen Restaurant, nah am See, ein warmer Herbsttag, noch kräftig die Sonne, glitzernd in den Wellen, die leicht und verspielt ans Ufer schlagen und das Bild eines tiefen Friedens vermitteln. Als gäbe es keinen Krieg. Lange verweilen sie am See, blicken schweigend auf das Wasser.
Bilder holen Helen ein. Sie muß wieder an Simon denken. An Riga und den Dünakai.
Was mag aus Simon geworden sein?
Und an die tote Mutter denkt sie. An den Sommertag, der alles verändert hat.
Und der helle Tag wird mit einem Mal schwarz. Robert kommt ihr fremd vor und alles so hoffnungslos.
Sie weint.
Einfach so. Robert schaut sie erst betroffen an, ratlos. Dann legt er den Arm um ihre Schulter und läßt sie einfach weinen. Fragt nichts. Sie weint lange. Als müsse sie die ganze Traurigkeit der vergangenen Monate aus sich herausweinen. Robert sitzt bloß da, schaut aufs Wasser, reicht ihr Kekse aus einer Blechdose. Da muß sie lachen. Über diese Kekse. Über sich selbst.

Lachen.
Robert staunt und nimmt ihre Hand. Sie freut sich erstmals auf das Kind. Ganz übermütig küßt sie den erstaunten Robert.

– Leben ja.

An diesen Augenblick denkt sie auch später immer wieder, besonders in schwierigen Situationen, um Mut zu holen, weil sie ahnt, wie selten solche Momente sind.
Mit dem letzten Schiff fahren sie nach Luzern zurück. Voller Menschen ist das Schiff, Soldaten vor allem, die wieder einrücken müssen. Grenzbesetzung. Bunkerdienst. Und einer spielt Trompete; leicht an den Bug des Schiffes gelehnt, ist er ganz in sein Spiel vertieft, eine weiche Melodie, etwas melancholisch vielleicht. Aber alle auf dem Schiff lauschen, wie gebannt von diesen Tönen.
Und ein anderer, ganz nah bei ihr, summt die Worte zur Melodie: Ev'ry night I dream a little dream... although I realize as well as you, it is seldom that a dream comes true. To me it's clear he'll appear.
Auf einer Platte findet sie viele Jahre später einige dieser Lieder wieder: The Lady sings the Blues. In jener Nacht lauscht sie nur, gibt sich ganz dieser Stimmung hin, den Trompetentönen, dem leisen Summen des Mannes. Der kühle Fahrtwind im Gesicht, über den dunklen Ufern die Berge, schwarz und stumm. Etwas Verträumtes liegt über dieser Nacht, so kommt es ihr vor, und verbindet die Menschen auf diesem

Schiff miteinander, läßt sie für eine kurze Weile eine Einheit werden, in der jeder sich getragen fühlt.
Der Krieg ist vergessen. Die Angst. Die Gefahr. Die Unsicherheit. Fern. Unwirklich. Für eine Weile.
Fremde Menschen prosten sich zu.
Ein Herbsttag 41, ein Anfang.

Zu Hause erzählte sie erstmals den Schwestern alles. Sie werde schon im nächsten Monat heiraten und nach Neujahr ausziehen, auf den Sennboden. Clarissa und Myrtha staunten. Myrtha war ein wenig ärgerlich, weil sie nun nicht die erste sein würde, die Hochzeit feiern konnte. Vielleicht rümpfte sie deshalb die Nase über die stummen Bauernburschen vom Sennboden, denen der Mist an den Schuhen klebe.
Helen ließ sich nicht beirren.
Sie wollte mit Myrtha nicht streiten. Nicht mehr. Clarissa und Myrtha hatten ihre Heirat für den kommenden Frühling geplant.
So würden wir denn bald alle unter der Haube sein. Der Roßhändler würde seinen Pferdestall bauen und Schini und Lini das Haus ganz in Beschlag nehmen können. Und scheinbar hätte alles ein gutes Ende genommen.
Scheinbar.
Der Roßhändler brummelte zwar ein wenig, als sie ihn über ihre Heiratsabsichten informierte – als Vormund mußte er seine Zustimmung geben. Er redete von seiner Verantwortung, aber sie merkte bald, wie froh er im Grunde war, daß alles diesen Lauf nahm, der seinen Wünschen so sehr entgegenkam.

Die Hochzeit, ein kleines Fest, oben auf dem Sennboden. Und doch ein unvergeßlicher Tag –

Roberts Mutter, die Marie, kocht für alle, Jakob, ihr Mann, hat den halbjährlichen Schlachttag um zwei Wochen vorgezogen, damit sie zum Hochzeitsfest einen echten Sennboden-Schlachtteller genießen können. Mit der Metzgersuppe, einer dunklen Brühe aus kleingehackten Schlachtabfällen, mit Darmfett vermischt, fängt man an, geht dann zum Hauptgang über. Zum Trinken serviert Jakob selbstgegorenen sauren Most und hellroten Kirschwein, den er, so erklärt er der Braut, aus auserlesenen Kirschen herstelle, die man mit Weinsteinsäure kurz gären lasse – höchstens fünf Wochen – und dann vorzeitig abseihe.
Sie sitzen alle draußen vor dem Tenn, am langen Holztisch, eine Hochzeitsgesellschaft im Familienkreis. Helen kann an diesem Tag zum erstenmal das kleine Stübchen sehen, das Roberts Mutter dem jungen Ehepaar herrichten wird. Da werden sie fürs erste untergebracht sein, wenigstens solange, bis Robert aus dem Aktivdienst entlassen wird. Zu Roberts Mutter faßt sie rasch Vertrauen. Sie fragt nicht viel, ist es gewohnt, die Dinge zu nehmen, wie sie sich ergeben.
Auch der Roßhändler kommt mit Schini und Lini noch zum Fest. Auf einem Zweispänner fährt er vor, trägt weiße Handschuhe und einen schwarzen Zylinder auf dem Kopf. Und auch Schini und Lini sind herausgeputzt von Kopf bis Fuß. Sie sprechen nur

französisch, preisen das Landleben – l'air superbe de la campagne – und machen Trinksprüche auf das junge Paar. La bonheur matrimoniale, mauschelt Lini und hebt das Glas. Der Roßhändler preist das Schicksal, das die tragischen Ereignisse des Sommers nun auf eine glückliche Bahn gelenkt habe. Für das Jahresende verspricht er ein Fest zu Ehren der drei Schwestern.

Als alle sich entfernt haben, macht Helen mit Robert noch einen Spaziergang durch die kühle Oktobernacht, bis ganz hinauf auf den Hügel, zum Friedhof, ans Grab der Mutter.
Unten das Tal, still, fast ohne Lichter, nur manchmal ein spärlicher Schimmer aus einem der verhüllten Fenster.

22

Winter. Weihnachtszeit, ein kalter Dezember, den viele im Dorf wegen des Mangels an Brennholz zu spüren bekamen. Manch einer ging öfter als sonst zur Predigt ins gut geheizte Kirchgemeindehaus, um sich ordentlich aufzuwärmen. Dem Pfarrer war das nur recht. Er hielt auch die Woche über Andachten und Fürbittegottesdienste ab und ließ die Leute für den Frieden beten.

Schlacht um Moskau. Sowjetische Winteroffensive. Völlige Erschöpfung der deutschen Truppen im russischen Winter. Ausrottung russischer Juden. Beschluß zur Endlösung der Judenfrage.

Die eidgenössischen Behörden verstärkten den Grenzschutz, um das Eindringen weiterer Flüchtlinge zu verhindern. Die Lage sei kritisch. Lebensmittelknappheit. Öl und Fett waren nur in kleinen Mengen und Weißmehl praktisch gar nicht zu haben. Auf Weihnachtsgebäck und Butterzöpfe mußte verzichtet werden. Sogar der Papierverbrauch wurde eingeschränkt, der Krämer klagte über zu wenig Papiersäcke und forderte die Kunden auf, für Zucker und Mehl Schüsselchen mitzubringen. Kleine Sorgen in einem verschonten Land.

Anbauschlacht noch immer, auch der Fußballplatz und die Wiese des Kavallerievereins wurden in Äcker verwandelt.

Der Roßhändler beklagte sich, weil nun die jährlichen Springkonkurrenzen und Pferdedressurveranstaltungen nicht mehr durchgeführt werden konnten.

Es ist gut, sagte er, daß endlich auch die Amerikaner in den Krieg eingetreten sind. Die werden mit dem Hitler und den Japsern schon aufräumen und den Rommel im Wüstensand ersticken lassen.
Der Roßhändler ereiferte sich.
Der Krieg versaue ihm den ganzen Roßhandel, weil fast alle Pferde für die Armee rekrutiert würden. Aber seine Zeit werde schon noch kommen. Der Roßhändler ließ sich am Bau seiner Ställe nicht hindern.
Eine schwierige Zeit.
Das dachten auch die Schwestern. Robert war noch immer im militärischen Grenzdienst am Rhein. Auch nicht glücklich. Da galt die Aufmerksamkeit mehr den möglichen Immigranten als dem militärischen Gegner. Es sei schändlich mitanzusehen, schrieb Robert, wie fast jede Woche Menschen an der Grenze aufgehalten und ebenso in ihr Land zurückgeschickt wurden wie solche Flüchtlinge, die man im Landesinneren aufgestöbert hatte. Schwarze Ausschaffungen nannte man das. Die Anweisungen der Behörden waren klar. Gegen die militärische Gehorsamspflicht lehnte sich keiner auf. Befehl war Befehl. Von den Gerüchten, daß die Juden in Gaskammern massenweise hingerichtet würden, wollte man nichts hören.
Böswillige Übertreibungen, hieß es.
Man hatte ohnehin schon zu viele Fremde aufgenommen in diesem kleinen Land.
Die Fremden gaben auch im Tal viel zu reden. Internierte Soldaten eines polnischen Jägerregiments wurden in der Oberthalheimer Turnhalle untergebracht.

Darüber ärgerten sich viele. Man sei selber nicht auf Rosen gebettet und könne nicht noch Deserteure und Juden ernähren, die sich ohnehin nur eine wirtschaftliche Position erobern wollten. Man wolle doch nicht der Saustall Europas werden. Von den Fremden würden nur die Huren profitieren, die um die Lager der Internierten herum in Erscheinung traten, zu Sittenverwilderung und Lasterhaftigkeit im Tal beitrügen und die Ehemänner auf dumme Gedanken brächten.

Kleine Sorgen in einem verschonten Land.

Die Schwestern waren mit sich selbst beschäftigt. Wege finden. Durchkommen. Irgendwie. Helen dachte an ihr Kind. Ging den Leuten aus dem Weg. Ließ sie reden. Schwanger sein in dieser Zeit, in diesem kleinen Dorf. Leicht war es nicht.

Durchkommen.

In der Weihnachtszeit traf auch ein Brief von Alfred aus dem Gefängnis ein. Der Pfarrer überbrachte ihn und las ihn vor. Schon damals schrieb Alfred vom Verzeihen, von der Reue über die furchtbare Tat.

Hier sei ein Mensch, sagte der Pfarrer, bloß ein verlorener Mensch, der gefehlt, nun aber bereut habe und um Verzeihung bitte. Man möge doch, bat der Pfarrer, ein paar Worte des Verzeihens schreiben oder auch nur aussprechen, gerade jetzt in der Weihnachtszeit, wo doch jeder seinen Frieden finden möchte, sei das wichtig. Er selber werde die Worte Alfred ins Gefängnis übermitteln und dadurch vielleicht ein wenig Erleichterung und weihnachtliche Freude ins trübe Grau seiner Zelle bringen können.

Da war er beim Roßhändler an den Falschen geraten.
Sie können mir mit Ihrer Barmherzigkeit gestohlen bleiben, brummte er, dieser Kronig hätte sich früher überlegen müssen, was er tut. Der soll nun im Gefängnis bei Wasser und Brot seine Untat sühnen.
Der Roßhändler ließ den Pfarrer nicht zu Wort kommen. Als Vormund der drei Töchter seiner Schwägerin selig müsse er das Begehren des Pfarrers ablehnen. Im Namen der Menschlichkeit. Das fehlte gerade noch, daß ein solches Verbrechen einfach unter den Tisch gewischt würde.
Die Schwestern ließen den Roßhändler gewähren. Der Pfarrer zog ohne Barmherzigkeit ab.

Alfred

ausgerechnet in diesen Tagen stand er vor Gericht. Ein Aktenprozeß, bei dem keine Zeugen vorgeladen wurden. Zum Glück, dachten die Schwestern.
Keine von ihnen ging hin.
Dennoch dachte Helen manchmal an ihn. Und an Simon.
Aber sie sprach mit niemandem darüber. Auch mit Robert nicht.
Mit ihren Schwestern versuchte sie das Haus noch einmal so zu schmücken, wie sie es mit ihrer Mutter jedes Jahr in der Weihnachtszeit getan hatten: Tannenzweige und Kerzen auf die Simse, Mistelzweige unter die Türbogen, Strohsterne an die Fenster.

Robert schlug ihnen während eines Urlaubs im Wäldchen seines Vaters einen Weihnachtsbaum, den sie schon Tage vor Weihnachten mit jenen alten Sachen schmückten, die ihre Mutter in einer Kartonschachtel auf dem Estrich aufbewahrte.
Schini und Lini konnten mit diesem Baumschmuck wenig anfangen und nörgelten und keiften solange, bis der Roßhändler einen zweiten Baum, eine Weißtanne, auftrieb und sie ebenfalls ins Wohnzimmer stellte. Die schmückten sie dann auf ihre Weise.
Welsch, sagte Clarissa.
Kitschig, brummte Myrtha.
Charmant, näselte der Roßhändler.
Eine eigenartige Weihnachtsfeier: wie sie vor den zwei verschiedenartig geschmückten Bäumen saßen, nicht einmal die Kerzen waren die gleichen, Schini, Lini und der Roßhändler in der einen, die Schwestern in einer andern Ecke des Zimmers.
Der Roßhändler versuchte zu vermitteln.
Singen wir doch ein Lied zusammen, forderte er die Schwestern auf.
Doch denen war nicht nach Singen.
Helen spürte ein Würgen in der Kehle und fühlte sich unfähig, auch nur ein Wort herauszubringen. Clarissa und Myrtha schwiegen auch.
Schließlich las Clarissa wenigstens noch die Weihnachtsgeschichte vor. Dann war es wieder still. Der Roßhändler schaltete das Radio ein, um wenigstens ein paar Weihnachtslieder zu hören, aber Radio Beromünster sendete am Weihnachtsabend kein Programm. Deutsche Sender wollte man nicht hören.

Das nicht, meinte auch der Roßhändler. So blieb nichts anderes übrig, als sich dem Essen zuzuwenden.
Viel half auch das nicht –
Nach dem Essen ziehen sich die drei Schwestern auf Myrthas Zimmer zurück, sitzen noch eine Weile still, lassen eine Kerze brennen.
Schweigen.
Helen denkt nur an das Kind. An Simons Kind.
Sie spürt wieder diese lastende Schwere in den Gliedern, wie damals, nach Mutters Tod. Eine Angst vor der Zukunft erfaßt sie. Ausgesetzt und losgerissen von allem, ohne Halt, ohne Boden unter den Füßen, so kommt sie sich vor.
Ungewißheit.
Sie spricht es nicht aus.
Clarissa und Myrtha hängen ihren eigenen Gedanken nach.
Drei Schwestern.

Am 25. bringt Robert zur Weihnachtsfeier seiner Familie Helen auf den Sennhof. Die Marie hat das kleine Stübchen im ersten Stock für sie und Robert eingerichtet und sogar eine kleine Wiege für das Kind bereitgestellt, auch Windeln und Kinderkleider, die sie von den eigenen Kindern noch aufgehoben hat. Sie nickt Helen freundlich zu, macht ihr Mut.
Ein Anfang, eine neue Zeit.
Jakob zeigt ihr den Stall, den verschneiten Obstgarten, die Felder, das kleine Wäldchen, auf das er so stolz ist.

Mit Marie bäckt sie Neujahrsbrote, ein Teig aus Weißmehl, das damals nur unter der Hand erstanden werden konnte, mit Weinbeeren und Nüssen durchsetzt. Krieg hin oder her, sagt Marie, Weißbrote gehören nun mal zum Jahresanfang.
– Man kann dann das Jahr über noch oft genug vom dunklen Volksbrot essen.

Noch vor Weihnachten 41 fand der Prozeß vor dem Criminal-Gericht mit der Verurteilung von Alfred Kronig seinen Abschluß.

Der Tatbestand ist abgeklärt, die Anklage lautet auf Mord. Die Tat wird vom Beklagten eingestanden.
Gemäß dem Gutachten der psychiatrischen Klinik handelt es sich beim Angeklagten um einen schizoiden, infantilen, triebhaften Psychopathen, der zur Zeit nicht manifest schizophren krank ist, es aber jederzeit werden kann.
Er wird als triebhafter Mensch geschildert, der stets gegen seine perversen Triebe gekämpft und diese verdrängt hat. Wie allen schizophrenen Psychopathen ist ihm dies bis zu einem Grad auch gelungen, aber dadurch sind seine Kräfte innerlich aufgestapelt worden und haben schließlich eine Spannung erzeugt, die sich explosionsartig entladen mußte.
Ein so grauenhaftes Verbrechen, das hierzulande selten ist, läßt die Frage aufkommen, ob der Täter nicht geisteskrank sei und ihm deshalb mildernde Umstände zugestanden werden müssen. Das psychiatrische Gutachten verneint diese Frage. Obwohl mit an Si-

cherheit grenzender Wahrscheinlichkeit die Motivation zur Tat auf Grund eines plötzlich ausgebrochenen schizoiden Schubes erfolgte, muß die Schuldhaftigkeit dennoch bejaht werden, weil der Täter jederzeit den vollen Unrechtsgehalt seiner Handlung einzusehen vermochte. Daraus ergibt sich für das Gericht der zwingende Schluß auf Grund von Paragraph 108 des im Kanton geltenden »Peinlichen Strafgesetzes vom 11. Hornung 1857«, die Todesstrafe zu fällen.
Solch barbarische Verbrechen, in denen sich persönliche perverse Triebhaftigkeit, die ihren Ausdruck im Töten sucht, mit wirren politischen Ideen verbindet, sind in der Geschichte des modernen schweizerischen Rechtsstaates zum Glück eher selten. Eine gerechte, aber harte Bestrafung ist angebracht, nicht zuletzt deshalb, um in diesen durch Krieg und Zerstörung unsicheren Zeiten, die labile einzelne leicht auf Abwege bringen, einen Rückfall in die Barbarei früherer Jahrhunderte zu verhindern und die Werte des modernen Rechtsstaates, ja die Humanität der abendländischen Zivilisation zu verteidigen.
Das Gericht hat einstimmig erkannt:
1. Der Angeklagte hat sich des Mordes gemäß Paragraph 108 StGB/AG schuldig gemacht und wird mit dem Tode bestraft.
2. Die Vollstreckung des Todesurteils wird ausgesetzt. Begründung: Unmittelbar nach den Festtagen, auf den 1. Januar 1942, tritt das gesamtschweizerische Strafgesetz vom 21. Dezember 1937 in Kraft. Nach diesem Gesetz wird die Todesstrafe von Rech-

tes wegen in lebenslängliche Zuchthausstrafe umgewandelt.
3. Der Angeklagte wird zur Bezahlung der entstandenen Gerichtskosten, einer Staatsgebühr von Franken 15.– und Auslagen von Franken 1023.55, zusammen Franken 1038.55, verurteilt.
Eröffnet: Angenommen.
Thalstadt, den 18. Dezember 1941.
Nachtrag:
Auf Grund eines nachträglichen Gerichtsbeschlusses vom 17. 2. 42 wurde Alfred Kronig, gestützt auf Artikel 43 Ziffer 1, Absatz 1 StGB zunächst in eine psychiatrische Pflegeanstalt eingewiesen.

Melzer schob die Blätter ins Couvert zurück.

23

Kahl und trüb war der Tag heraufgedämmert, eine von Herbststürmen herangeschobene Wand grauen Lichts; unentwegt fegten die Windböen durch die Thalheimer Straßen, peitschten den Regen gegen die Scheiben, rissen das letzte Laub von den Bäumen, rauhten die Felder auf. Unaufhörlich dies Heulen und Brausen, so heftig die Regenschauer, daß sogar die Bauarbeiten an der neuen Schnellstraße, die nah am Quartier vorbeiführte, eingestellt wurden. Schmutztriefend standen die Bagger in riesigen Wasserlachen, saßen wie geprügelte Hunde in den morastigen Aushubgruben fest.

Die Zeitungen kommentierten ausgiebig die nationalen Wahlen, Mandatsgewinne für die Schweizerische Aktion gegen Ausländer. Man werde, erklärte ein SA-Politiker in einem Interview, dank der Mandatsgewinne, das Ziel, die Schweiz von Ausländern zu säubern und das schweizerische Volkswesen rein zu halten, noch energischer und kompromißloser verfolgen und der humanitären Gefühlsduselei ein Ende bereiten können.

Auch der zuständige Beamte für das Flüchtlingswesen sprach von der Notwendigkeit, der Stimmung im Volk Rechnung zu tragen. Kehrtwendung in der Ausländerpolitik. *Ausschaffung* abgewiesener Asylanten. Weitere Verschärfung der Vorschriften zur Asylgewährung. Den ständig anschwellenden Strom von Asylsuchenden stoppen. Die zunehmende Fremdenfeindlichkeit in der Bevölkerung ernst nehmen. Die

Glaubwürdigkeit der Behörden nicht aufs Spiel setzen.
Melzer fuhr sich mit der Hand übers Gesicht.
Grau der Tag draußen, leer die Straßen, offen dem Wind und dem Regen, der unaufhörlich niederging, die Flüsse anschwellen ließ und die Felder und Wege in Morast verwandelte.
Melzer fühlte sich müde. Bilder tanzten vor seinen Augen. Er wünschte sich fern von allem zu sein, von diesem Land, von seiner Geschichte. Von sich selber.
Vergessen all diese Namen.
Er hatte alles wissen wollen.
Und wie wäre mit diesem Wissen zu leben.
Melzer preßte seinen Kopf gegen die Scheibe.
Komm nach Hause, hatte sie geschrieben. Er war gefahren, nach Jahren zum erstenmal, in dieses Land, das ihm fremd geworden war. Kein Zuhause. Ein Ort der Herkunft.
Keine Spur von Simon Levy.
Mutter brachte Kaffee.
Sie lachte. Sie hatte gelernt, mit den Bildern zu leben –

Silvester 41,

hoher Schnee liegt um das Haus, verschneit der Garten mit dem Lindenbaum und dem Schlehdornbusch, weiße Bänder von Schnee auf dem laublosen Gesträuch und in den Maschengittern des Zauns, eingewoben in die klirrende Kälte dieses Wintertages.
Der Roßhändler und seine Damen haben das ganze

Haus mit Papiergirlanden, Lampions und bunten Kerzen geschmückt.
Im Wohnzimmer der weiß gedeckte Tisch, sogar Tischkärtchen stehen bei den Tellern.
Der Roßhändler selber führt Helen und Robert an ihre Plätze. Myrtha und Clarissa und ihre Männer sitzen schon da und trinken Weißwein.
Alle warten auf Schini und Lini.
Ganz oben am Tisch ist für sie gedeckt, unter einem Kartonherz, das an der Wand hängt, mit rosa Seidenpapier überzogen. Unsern Verlobten Rudolf und Eugenie und allen Anwesenden ein gutes neues Jahr. Darunter ein Foto der beiden, hoch zu Pferd.
Clarissa stellt schon den Topf mit der dampfenden Suppe auf den Tisch und beginnt zu schöpfen, als endlich Schini und Lini mit einer Parfumwolke in den Raum stolzieren. Beide in langen Tüllkleidern, Schini, die auch ihr Haar gebleicht und zu Zapfenlocken gebunden hat, in Rosa, Lini in Veilchenblau. Beide mit Maschen im Haar und einem Seidenschal um die Schultern.
– Applaus für unsere Damen.
Der Roßhändler ergreift das Glas.
Da kann man sich fragen, flüstert der Bankbeamte, wer die Tochter, wer die Mutter ist.
Reiten können beide, zischelt der Dachdecker, der schon ein wenig betrunken ist, und fügt an, er habe gar nicht gewußt, daß Veilchen auch im Winter blühen.
Dem mißbilligenden Blick des Roßhändlers begegnet er mit einem Prost, auf unsere Damen.

Ich hoffe, versucht der Roßhändler während des Suppelöffelns ein Gespräch in Gang zu bringen, daß alle sich wohlfühlen und man einen schönen Abend zusammen verbringen wird –
Mit jedem Schritt durch den Garten auf das Haus zu wächst die Angst; ein Zögern, ein Stocken geht durch ihre Glieder, als verklumpe sich etwas in ihr. Eine Schwere, die sie nie zuvor gekannt hat –
Der Roßhändler wischt sich mit der Serviette über den Mund.
Eine kleine Rede wolle er erst nach dem Essen halten, man solle also ordentlich zugreifen, es sei genug vorrätig, er hoffe, es schmecke allen, die Rollschinkli habe er selber besorgt, er kenne im Solothurnischen drüben, im Gäu, als Roßhändler komme man schließlich weit herum, einen Bauern, der die besten Rollschinkli im ganzen Mittelland herstelle, so saftig wie nirgends sonst, und erst noch gut geräuchert.
Saftig schon, wirft der Dachdecker ein, und weil sein Schinkenbauer mit Salz nicht gespart habe, könne man auch kräftig nachspülen, so einen Burgunder bekomme man nicht alle Tage.
– Was willst du damit sagen?
Der Roßhändler zuckte leicht mit den Mundwinkeln.
Ich will gar nichts sagen, antwortet der Dachdecker rasch, ich liebe das Scharfe.
So ist das hin- und hergegangen –
Früh am Morgen sitzt sie mit der Mutter noch draußen am runden Blechtisch, das graue Morgenlicht tropft durch die Bäume, sie trinken Kaffee, Mutter gähnt, klagt über Schmerzen im Kreuz, über die Nöte

des Alltags. Sie kann die Lebensmittelkarten nicht mehr finden –

Wenigstens schmeckte das Essen. Die Schwestern gaben sich Mühe, den Roßhändler nicht zu enttäuschen.

Nur Myrthas Mann verhielt sich sonderbar still an diesem Abend. Ganz geknickt saß er auf seinem Stuhl und hielt sich an den Schinken. Und dann wurde er auch noch das Opfer von Linis Scherzen –

Totenwache. Sie sitzen im Dunkeln des Zimmers, dem Sarg den Rücken zugewandt, eine Kerze flackert unruhig in der Zugluft. Nachbarn kommen vorbei, um am Sarg der Toten zu beten und den Schwestern Trost zuzusprechen. Zischelnde und flüsternde Stimmen im Haus und auf der Straße. Das ganze Dorf ist auf den Beinen, so etwas Entsetzliches hat man noch nie erlebt –

Lini wies auf den Gummifrosch in Clarissas Teller.

Heute wird auch jeder Mist für originell angesehen, knurrte Myrthas Mann und ließ die Angel ins Glas fallen.

Albernheiten. Aber wenigstens lenkten sie ab. Die Schwestern waren froh um jede Ablenkung.

Nach dem Essen erhob sich der Roßhändler zu seiner Rede. Doch zuvor kündigte er eine Überraschung an, verschwand im Korridor und kehrte mit einem Grammophon zurück, das er mit den Worten: Le cadeau pour ma jeune fiancée, vor Schini hinstellte. Er richtete den großen Trichter in die Runde, kurbelte und dann hörte man Marlene Dietrich mit dem Lied »Ich bin von Kopf bis Fuß auf Liebe eingestellt«. Alle lauschten fasziniert, nur der Dachdecker summte mit und flüsterte plötzlich Clarissa ins Ohr: »Ich bin die fesche Lola« würde besser zu Schini passen.

Applaus am Schluß des Liedes. Schini fiel dem Roßhändler um den Hals, weinte –

Schleier von Tränen über der nun reglos daliegenden Gestalt, auf deren gefalteten Händen die Sonne liegt, die durch die gestriemten Scheiben fällt –

»Nur nicht aus Liebe weinen«, summte der Dachdekker. Als Mitglied des Männerchores kannte er die gängigen Melodien.

Ein aberwitziger Abend.

Lini forderte Ruhe und Anstand; sie dankte dem Roßhändler im Namen der Braut, die ganz überwältigt sei vor Glück, und bat ihn, doch jetzt seine kleine Rede zu halten.

Auf Liebe, fing der Roßhändler, sich sachte aus Schinis Umklammerung lösend und sich die Krawatte zurechtrückend, feierlich an, auf Liebe, hoffe er, seien alle Anwesenden in diesem Augenblick, und hoffentlich noch lange, eingestellt.

– Denn die Liebe ist es, die so manches zarte Band zu flechten vermag.

Er streichelte die ihre Tränen abwischende Schini, worauf diese erneut zu weinen begann –

Sie hört ihren Schrei durch das Haus, das Knarren der Treppe, die Angst, der Geruch von Blut, von Schimmel und dumpfiger Erde –

Die Liebe, fuhr der Roßhändler fort, vermag auch dunkle Verhängnisse des Lebens zu bannen, Schicksalsschläge, wie sie im vergangenen Jahr nicht nur auf

den Schlachtfeldern Europas viele Menschen, sondern auch dieses Haus getroffen haben.
Der Roßhändler hob sein Glas.
Doch gelte es jetzt nicht zurück, sondern vorwärts zu blicken, einer helleren Zukunft entgegen, einer neuen Zeit. Deshalb wolle man auf all die Brautpaare anstoßen, er natürlich besonders auf Schini und ihre liebe Mutter, die wieder Sonne in sein Leben gebracht hätten.
Lini applaudierte heftig, man stieß an, löffelte den Fruchtsalat und lauschte der Musik aus dem Grammophon: Zarah Leander »Kann denn Liebe Sünde sein«, ein Potpourri von Hans Albers, »La Paloma«, »Auf der Reeperbahn«, »Good bye Johnny«.

Ein sonderbarer Abend.

Helen dachte an all das Vergangene und an die Ungewißheit der Zukunft, an das Kind, das in diese unsichere Welt hineingeboren würde, mitten in den Krieg.
Das Kind Simon Levys.
Kurz vor zwölf öffneten sie Fenster und hörten dem Läuten der Glocken zu. Sie prosteten sich zu, wünschten sich alles Gute. Der Roßhändler legte eine Platte auf den Grammo: »Das kann doch einen Seemann nicht erschüttern« –

1941

Kein Jahr in ihrem Leben wie dieses. Oft dachte sie später daran. Aus der Distanz kam es ihr immer fremdartiger, unwirklicher vor, aber damals –

Sie tritt mit Robert aus dem Haus in die Nacht hinaus, eine helle Schneenacht, langsam stapfen sie über den Scheunenvorplatz durch den hohen Schnee. Auf dem Hügel über dem Tal brennt ein Feuer, unter der Linde, nah beim Friedhof, dessen Umfassungsmauer sie in der Dunkelheit erkennen.
Sie nähert sich mit Robert dem Garten, wischt den leichten Schnee weg, stützt ihre Arme auf den Zaun. Hoher Schnee im Garten, unberührtes Weiß, die Zweige der Sträucher und Büsche durchgebogen vom Schnee, weiß auch der Lindenbaum, der Schlehdorn und der Flieder. Und noch einmal muß sie an diesen Garten denken, an die Sommer mit dem Geruch der Tollkirsche und des Lindenbaumes, an die langen Schatten der späten Nachmittage, an die Gestalt der Mutter auf der Holzbank. Sie ist in irgendeine Arbeit vertieft, hat den Sommerhut auf dem Kopf, der ihr Gesicht verschattet.
Verlorene Gärten.
Helen wünscht sich, dieser Schnee würde immer bleiben, all das unter sich bergend, was ihre Kindheit war. Sie nimmt ein wenig Schnee und reibt sich das Gesicht ein, als könnte sie damit all die Bilder wegwischen. Sie spürt Roberts Atem, seine Hand auf ihrer Schulter und sieht ihre langen Schatten auf dem

Schnee. Im Haus sind noch immer die quäkenden Laute des Grammophons zu hören.
Sie kehren ins Haus zurück, verabschieden sich von den andern.
Sie machen sich auf den Weg.
So wandern sie durch diese Neujahrsnacht, dem Sennboden entgegen. Ohne Eile gehen sie, bleiben manchmal stehen, schauen sich an, dann hinunter ins Tal, das weich und weiß, in völliger Stille, zwischen den Hügeln liegt. Manchmal irgendwo ein Licht oder ein Laut aus der Ferne, dunkel der Fluß zwischen den weißen Feldern, gesäumt von den hohen Pappelreihen.

Neujahr

Auch auf dem Sennboden ist schon alles still, dunkel, das kleine Stübchen unter dem Dach geheizt. Auf dem Tisch liegt ein Tannenzweig, ein Kärtchen mit Neujahrswünschen, zwei Gläser und eine angebrochene Flasche Wein. Sie stoßen die Gläser zusammen, trinken.
Fehlt nur, daß die Wölfe heulen oder jemand Trompete spielt, wie damals auf dem Schiff von Gersau nach Luzern.
Robert sagt es lachend.
Sie summen die Melodie nicht, aber sie hören sie beide.

24

Auf leisen Sohlen ging Melzer im Zimmer auf und ab. Mutters gefaltete Hände –

Das Bild des jungen Mädchens am Konfirmationstag vor dem Kirchenportal, ein knielanges Samtkleid mit Puffärmeln, schwarze Strümpfe um die dünnen Waden; um den Hals des hochgeschlossenen Kleides ein geklöppelter Spitzenkragen; leicht verkrampft das Lächeln um die Mundwinkel; klein die Augen, dünne Striche die Brauen, schüchtern der Blick, ängstlich, als wär dem Tag nicht zu trauen, der Welt nicht und nicht den Menschen. Die kleinen Hände auf Hüfthöhe um die Bibel gefaltet, hell die Haut vor dem schwarzen Kleid, und doch war es, als würden nur diese Hände sprechen, diese kleinen Finger, die sich um die Bibel legten. Ein junges Mädchen, das man leicht in die Arme hätte nehmen können.
Die Bibel wurde später die Familienbibel, auf der ersten Seite war Mutters Konfirmationsspruch eingetragen: *Siehe, selig ist der Mensch, den Gott straft; darum weigere dich der Züchtigung des Allmächtigen nicht. Denn er verletzt und verbindet; er zerschlägt, und seine Hand heilt. Aus sechs Trübsalen wird er dich erretten, und in der siebten wird dich kein Übel rühren.*
Sie hatte die Losung akzeptiert, wie einer eine Krankheit annimmt oder eine Erbschaft, die er sich nicht erwählt, aber die auszuschlagen er nie gewagt hätte.
Unter dem Konfirmationsdatum jenes der Ehe, die

Geburt der Kinder, der Todestag der kleinen Schwester. All die Jahre lag die Bibel auf dem Sekretär, wurde jeweils an Weihnachten hervorgeholt. Und Mutter wurde noch einmal das junge Mädchen, das die Hände über der Bibel faltete: *Es begab sich aber zu der Zeit ...*
Mutters Hände; was hatten sie alles verrichtet im Laufe eines Lebens.
Melzer lehnte sich an die Wand.

Und was war an Träumen geblieben?

Ein Männerchorabend manchmal. Ein Platzkonzert der Dorfmusik. Ein Gang durch den Jahrmarkt, der Anfang Mai und im Spätherbst, um Martini, stattfand, und neben dem Rösselspiel, den Schießbuden mit den Papierrosen, auch eine Tanzmusik ins Dorf brachte, die auf dem Kirchplatz aufspielte: Das alte Haus von Rocky Tocky, Heimat deine Sterne, Wer kann das bezahlen, Sonntagnacht auf der Reeperbahn, Das alte Försterhaus ... Sie kannte die Melodien und summte sie manchmal vor sich hin.
Sie reichten, um längst begrabene Sehnsüchte und verschüttete Wünsche aufzurühren. Für den Walzer nicht mehr jung genug, für den Tango zu sehr aus der Übung, für den Foxtrott die Schuhe zu schwer.
Kosmetik brauchte es nicht für diese halbe Stunde am Rande der Tanzbühne. Weder Lippenrouge noch Parfum, es genügte die tägliche Waschung vor dem Holztrog mit eben der Kernseife, die sich auch für Windeln und Socken eignete, ein kantiges Stück, lehm-

braun und von scharfem Geruch, das sich gut in den Händen halten ließ, lange ausreichte und Sauberkeit porentief garantierte.
Sauber mußten diese Hände sein, die man zum Arbeiten brauchte, Hände, die früh am Morgen, noch bevor der kleine Quartierladen geöffnet wurde, das Gemüse rüsteten und die Kartoffeln schälten, damit das Mittagessen in der kurzen Pause zwischen zwölf und eins, wenn der Laden geschlossen blieb, rasch zubereitet war und der Mann und die Kinder zugreifen konnten.
Hände, die tagsüber die Ware aus den Gestellen fischten, Zucker und Mehl aus den Schubladen in Papiersäcke füllten und vor die Arbeiterfrauen hinstellten, die zweihundert oder fünfhundert Gramm den abgefüllten Kilosäcken vorzogen, damit das Haushaltsgeld bis Ende Monat reichte und wenigstens nicht vor dem 20. angeschrieben werden mußte.
Hände, die beschwichtigten, wenn die Frauen über die Knausrigkeit ihrer Männer klagten und ihre Sorgen mit den Münzen über den Ladentisch schoben, als wäre das Leid, das schwerer wog als das Gewicht der Einkaufstaschen, mit Münzen abzuzahlen und der geduldigen Verkäuferin im Tausch für Mehl und Brot zu überlassen.
Hände, die nie zur Ruhe kamen und spätabends noch die Stricknadeln führten, Socken stopften oder Wäsche bügelten, Männeroveralls, Kinderwindeln, Arbeitsschürzen, Leintücher, Socken.
Hände, die brauchen konnten, was sie gelernt hatten. Und einiges dazu.

Lieber als die Hände hätte das Kind, das sie einst war, seinen Kopf gebraucht und wäre gern auf die höhere Schule gegangen, um mehr zu lernen als Dreisatzrechnungen und orthographisch einwandfreie Briefe zu schreiben. Etwas lernen, um mehr zu wissen vom Leben als das, was für den Alltag reichte.

Es sollte nicht sein.

Ich habe nichts gelernt, sagte sie manchmal, und seufzte über den Büchern, die sie las, wenn im Alltag eine Nische blieb. Zuweilen schrieb sie in kleine Wachstuchhefte, die sie rasch weglegte, wenn eines von den Kindern auftauchte.

Notizen. Nicht der Rede wert.

Das Mädchen lernte seine Hände gebrauchen. Nur einmal der Traum von Riga. Die Ostsee. Das Kurische Haff. Kalmus und Haselhahn. Die nächtliche Chaussee. Krähen überm Strom. Der Atem der Wälder. Holunder und Schlehdorn. Nachtgesträuch.

Rasch zerstiebt auch dieser Traum: verlassene Zimmer, verlorene Gärten. Ein gewöhnlicher Tag im August.

Sommerwende.

Der Herbst. Das Kind. Die Heirat. Die Jahre der Gewöhnung. Und manchmal noch der Traum vom Leben, das sich finden werde als ein großes Geheimnis.

Der Autor dankt der Stadt Zürich für die Werkjahrauszeichnung 1986 und dem Kuratorium für Kulturförderung des Kantons Aargau für einen Werkbeitrag 1988.

Zusätzlich zum eigenen Quellenstudium benutzte der Autor für Aufarbeitung der historischen Ereignisse die Darstellungen von W. Gautschi, Geschichte des Kantons Aargau 1885–1953, Baden 1978, und E. Bonjour, Geschichte der schweizerischen Neutralität Bd. IV u. VI, Basel 1970.